Impressum: Herstellung und Verlag Books on Demand GmbH
             22848 Norderstedt

ISBN: 9783837076271

Danksagung

Diese Buch ist drei ganz besonderen Menschen in meinem Leben gewidmet.

Zum einen meiner Tochter die gerade 10 Jahre alt geworden ist und mit den Schwierigkeiten meiner Behinderung herangewachsen ist.

Als nächstes wäre meine Mutter zu nennen, die trotz all der Anfeindungen auch innerhalb der eigenen Familie (da selbst meine Geschwister meine Krankheit für Simulantentum hielten und auch heute noch halten) stets zu mir gehalten hat. Seit 10 Jahren habe ich keinerlei Kontakt mehr zu meiner Schwester und auch der Kontakt zu meinem Bruder ist seit mehreren Jahren eingestellt.

Mein ganz besonderer Dank gilt jedoch meiner Lebensgefährtin Antje, die mich zwar erst vor 6 Jahren kennen gelernt hat aber mich vom ersten Tag an in allem unterstützt hat. Sie war die treibende Kraft die dieses Buch erst möglich gemacht hat da ich zwischenzeitlich oft genug nicht mehr weiter schreiben wollte..

Bandscheibenvorfall - und dann ???

Von Mario Jakob

Vorwort

Bevor ich anfange aus meinem Leben zu berichten, möchte ich an dieser Stelle den Grund darlegen, warum es mir am Herzen lag dieses Buch zu schreiben.

Vielleicht hat es der eine oder andere schon einmal selbst erlebt: Man geht zum Arzt, erklärt ihm wo es einem weh tut oder was einem fehlt und alles was man zurück bekommt ist eigentlich eine gähnende Leere und ein Arztkauderwelsch aus dem man eh nicht richtig schlau wird. Geholfen wird einem eventuell mit einem Rezept und vielleicht noch mit einigen klugen Ratschlägen für das alltägliche Leben aber wird man wirklich verstanden????

Dieses Prinzip vieler Ärzte geht lange gut, bis - ja bis es einen Patienten gibt, der wirklich Hilfe benötigt da er etwas Ernsthaftes hat. Und was dann ?

Von dieser Problematik handelt mein Buch, denn es beruht ausschließlich auf selbst Erlebtem und nicht etwa auf Fiktion.

Der deutsche Ärztewald wurde von mir persönlich und mit meinem eigenen Körper innerhalb von mittlerweile sechs Jahren regelrecht durchforstet und dabei habe ich nicht unbedingt viel Gutes über unsere Ärzte, Kliniken und Experten zu berichten, denn das Einzige was diese fällten, waren bisher im überdurchschnittlichen Maße falsche Diagnosen und total kontraindizierte Therapien.

Im Jahr 1999 bekam ich auf einmal unvorstellbare Schmerzen im Rücken, die einhergingen mit Taubheitsgefühlen im linken Bein, welche schließlich auch zu Lähmungen führten.

Keiner erkannte warum und woran ich überhaupt erkrankt war. Ganz schnell wurde ich als **Simulant** abgestempelt und lieber auf psychosomatischer Ebene behandelt, was heute eine gängige Methode zu sein scheint, wenn Ärzte sich nicht weiter zu helfen wissen.

Man machte mich zum Spielball von Versicherungen und Ärzten, die lediglich ihren eigenen Profit im Sinn hatten.
Mein Buch wird zeigen, wie schnell man abgestempelt wird und sich selbst überlassen bleibt und wie schnell man in einen finanziellen und emotionalen Sog gelangt aus dem man nur schwer wieder herauskommt.

Ich schreibe es als ein bleibendes Stück Erinnerung für meine Tochter, die in diesem Jahr 11 Jahre alt wird und mit mir und meiner Krankheit groß geworden ist. Aber auch für mich selbst um all das zu verarbeiten was mir in den vergangenen Jahren widerfahren ist.

Ferner soll es ein Dank an meine jetzige Frau und meine Mutter sein, die mich in den vergangenen Jahren begleitet und zu mir gehalten haben. Zum anderen soll es den Lesern, die gleiche oder ähnliche gesundheitliche Probleme haben ein Ansporn sein durchzuhalten und den Lebensmut nicht zu verlieren.

Sollten gewisse Fachbegriffe nicht 100%ig richtig erklärt sein, so bitte ich dies zu entschuldigen. Ich schreibe so, wie ich es persönlich erlebt habe und auch ich habe bis zum heutigen Tage einige der Begriffe nicht vollständig erklärt bekommen.

Die Belastungen, die sich dann auch auf meine Familie niedergeschlagen haben, werden von mir ebenso beschrieben in der Hoffnung, aus meinen Erfahrungen vielleicht das eine oder andere für sich zu übernehmen oder aber gewisse Dinge zu vermeiden.

Als Quellen für mein Buch habe ich lediglich einen Teil meiner eigenen Untersuchungsberichte hinzugezogen, Erlebnisse die sich mir aufgrund ihrer Schmerzhaftigkeit in die Seele "eingebrannt" haben, verbunden mit den entsprechenden Emotionen.

Und nun wünsche ich allen Lesern viel Spaß.

Kapitelangaben

Kapitel 1

Wegweiser durch meine medizinische Odyssee

Da mir erst beim Schreiben meines Buches richtig bewußt wurde wie viele verschiedene Ärzte, Klinken und andere Experten ich im Laufe der Jahre kennengelernt habe, möchte ich dieses Kapitel als eine Art Orientierungshilfe vorwegschicken, die dem Leser helfen soll, die zeitliche Abfolge meiner Krankheit und die damit einhergehenden Untersuchungen, Operationen und andere Experimente mitzuerleben.

Gehen sie nun mit mir gemeinsam auf die Reise, die begleitet wurde von verschiedenen "Pannen", "Sackgassen" und Umleitungen und mich bis zum heutigen Tag an kein Ziel geführt hat.

22.11.1999   Krankheitsbeginn Dr. 1 Diagnose: **Unbekannt**

09.12.1999   Krankenhaus A   Die Namen der Krankenhäuser sowie der Ärzte darf ich leider hier nicht nennen. Aus diesem Grunde nenne ich die Krankenhäuser aufsteigend von A an und die Ärzte habe ich von 1 an durchnummeriert.

09.01.2000   Entlassen als **Simulant**

15.01.2000 Klinik B, Neurologie Diagnose: **Psychosomatischbedingte Schmerzen mit einer Ilosakralgelenksentzündung**

25.01.2000 Allgemeinmediziner Dr. 2 **Keine weitere Krankschreibung : Ich soll lernen mit den Schmerzen zu leben**

25.02.2000 Frau Dr. 3, Schmerztherapeutin und Anästhesistin Diagnose : **Psychisch bedingte Schmerzen**

25.03.2000 Dr. 4, Psychiater Diagnose: **Keine psychischen Probleme, berufsunfähig aufgrund realer Schmerzen.**

01.04.2000 Dr. 5, Orthopäde Diagnose: **Bandscheibenvorfall**

15.04.2000 Krankenhaus B, bei Dr. 6 Orthopäde und Chirurg Diagnose: **Simulant**

15.05.2000 Dr. 7 der BfA Diagnose: **Erwerbsunfähig aufgrund Rückenschmerzen**

15.06.2000 Erneut Klinik B, erneut Prof. Dr. 6 Dieses Mal Diagnose: **Bandscheibenvorfall Lw5 S1**

15.07.2000 Dr. 8 aus Koblenz Diagnose: **Bandscheibenvorfall und Ilosakralgelenksentzündung**

15.08.2000	Sportstudio in Braunschweig Diagnose: **Kein Muskelaufbau möglich mit dem Bandscheibenvorfall**
16.08.2000	Dr. 9, Berlin Diagnose: **Bandscheibenvorfall**
16.09.2000	Prof. 10, Krankenhaus C, Chirurg und Orthopäde Diagnose: **Bandscheibenvorfall und eventueller Befall der Wirbelsäule mit Tumoren**
23.11.2000	Krankenhaus C **1. Operation Lw5 S1 nach 366 Tagen Schmerzen**
20.12.2000	Dr. 11 Arnsberg, Radiologin Diagnose: **Erneuter Bandscheibenvorfall LW5 S1 nach 3 Wochen Schmerzfreiheit**
04.01.2001	Krankenhaus C **2. Operation Lw5 S1 Entlassungsdiagnose am 12.01.2001: Nicht arbeitsfähig**
15.01.2001	Allgemeinmediziner Dr. 12, Brilon Diagnose: **Schmerzmittelerhöhung aufgrund 2- maliger Bandscheiben OP**
15.05.2001	Krankenhaus D in Bochum Diagnose: **erneuter Bandscheibenvorfall LW5 S1**

15.03.2001   Rehaklinik E Diagnose: **Bandscheibenvorfall und Alkoholiker!!!**

15.04.2001   Dr. 12 und ein Gutachter der Rückversicherung **Gespräch über eine Entzugsklinik**

Anwalt eingeschaltet!!!!!

15.05.2001 bis
25.03.2002   **Regelmäßige Hausarztbesuche zwecks Medikationserhöhung**

26.03.2002   Dr. 13 aus Korbach, Radiologe   Diagnose: **Bandscheibenvorfall größer geworden OP indikation dringend erforderlich!!**

09.04.2002   Klinik F, Rainhardshausen   **3. OP Lw5 S1** Entlassungsdiagnose: **Erwerbsunfähig**

28.04.2002   Klinik G, Bad Wildungen,   Reha   Diagnose: **Weiterhin erwerbsunfähig**

15.06.2002	Frau Dr.11 Arnsberg, Radiologin Diagnose: **Bandscheibenvorfall Nr. 4 in Lw5 S1 und zusätzlich Narbengewebe, welches auf den Nerv in der Wirbelsäule drückt.**
15.03.2003	Dr. 14, Allgemeinmediziner, Ahlen **Einweisung in die Klinik H, Hamm zwecks 4. Bandscheiben OP**
19.04.2003	Dr. 15, Klinik H , Chirurg **Bandscheiben OP Nr. 4, Lw5 S1 Keine Besserung**
01.05.2003	Klinik G, Bad Wildungen, Reha **Schmerzen wurden immer schlimmer trotz Rollstuhl**
01.06.2003	Ärzte 17 - 19 in München aufgesucht Diagnose: **Erneut ein Bandscheibenvorfall Lw5 S1 Schmerzen wurden noch schlimmer!!!**
15.06.2003	Klinik C, Olsberg, Orthopädie Abteilung Diagnose: **Keine Behandlung wegen offener Rechnung von Herrn Prof. Dr.11**

19.06.2003   Klinik H, Hamm   Chirurgische Ambulanz
Diagnose: **Eventuelle Entzündung an der Wirbelsäule**

26.06.2003   Klinik I, Hamburg   Diagnose: **Erneuter Bandscheibenvorfall und eine 3-Etagen Tiefenvenen Thrombose im linken Bein.**

10.07.2003 -
09.01.2004   Dr. 20 ‚Allgemeinmediziner, Hamburg   Diagnose: **Schmerztherapie und Einstellung auf Marcumar**

15.03.2004   Klinik J Diagnose: **Tiefes Postthrombotisches Sympthom und erneuter Bandscheibenvorfall**

Bis auf den heutigen Tag bin ich in regelmäßiger ärztlicher Behandlung, da meine Schmerzen ununterbrochen, Tag ein Tag aus vorhanden sind. Keine OP, keine Reha und auch sonst kein Experiment hatte Erfolg.

Kapitel 2

Wie alles begann

Es begann im November 1999. Ich war damals gerade 27 Jahre alt, verheiratet und hatte eine Tochter mit Namen Bianca, die im Sommer 1998 auf die Welt kam und mein ganzer Stolz war und immer noch ist. Meine damalige Frau Daniela war 30 Jahre alt und ebenso wie ich bereits schon einmal verheiratet gewesen. Aus dieser Ehe hatte sie einen Sohn, der zum damaligen Zeitpunkt bereits 9 Jahre alt war. Wir hatten in dem Sommer als Bianca geboren wurde geheiratet und waren zu dem Zeitpunkt eigentlich ziemlich zufrieden.

Ich war selbständig in der Versicherungsbranche tätig und galt als ein wirklicher "Workaholic", der selten zur Ruhe kam. Bis zu dem Zeitpunkt als alles begann, bin ich jeder Menge sportlicher Aktivitäten nachgegangen, die aber leider durch den Job immer weiter eingeschränkt wurden.

Arbeitsmässig wurde es immer zeitaufwendiger bis ich irgendwann gar keine Zeit mehr für den Sport hatte. Meine Frau ging vor Biancas Geburt verschiedenen Nebenjobs nach. Diese schränkte sie dann immer weiter ein, bis ich zum Alleinverdiener wurde.

Mit unserer Tochter hatten wir bereits einige gesundheitliche Strapazen glücklich hinter uns gebracht. Mit gut einem Jahr war sie so krank, dass sie uns fast unter den Händen gestorben wäre.

Sie hatte damals eigentlich nur eine ganz normale Magen- und Darmgrippe, doch diese wurde immer schlimmer. Meine Frau war innerhalb einer Woche mindestens drei mal bei unserer Ärztin, aber diese schwor nach wie vor auf Baby Heilnahrung.

Doch als meine Frau das letzte Mal bei ihr war, hatte Bianca mittlerweile grünen Stuhlgang und das "Leben" oben am Kopf war bereits eingefahren. Als ich dies dem Kinderkrankenhaus in unserer Nähe telefonisch meldete, hieß es, wir sollten sofort kommen. Damals hatte unsere Kleine "Roterviren" und wären wir nur vierundzwanzig Stunden später gekommen, wäre Bianca gestorben. Zum ersten Mal musste ich schmerzhaft erfahren, dass auch Ärzte Fehler machen.

Diese Schwierigkeiten bewirkten bei uns eine übervorsichtige Haltung, denn meine Frau hatte zwei Jahre zuvor am selben Tag wie Bianca, einen Jungen geboren, der zwei Wochen später unter mysteriösen Umständen starb. Und so kam es, dass wir Ende November zu unserem Arzt gingen um Bianca untersuchen zu lassen.

Sie zeigte nämlich wieder einmal Anzeichen einer Grippe. Dieser Tag sollte für mich der Beginn eines Martyriums werden, das den Rest meines Lebens verändern würde.

Wir kamen also beim Arzt an und ich kniete nieder, um meiner Tochter den Anorak auszuziehen. Beim Aufstehen durchfuhr mich auf einmal ein stechender Schmerz in der Lendenwirbelsäule. Eigentlich ein typisches Anzeichen für einen Bandscheibenvorfall oder wovon ich damals ausging, einen eingeklemmten Ischiasnerv.

Diese Meinung teilte mein damaliger Hausarzt auch, zumindest noch für den Moment, denn das war erst der Anfang. Ich bekam also zunächst Infusionen, welche mit Novalgin und Vitaminen angereichert waren. Doch die Beschwerden wurden nicht besser sondern immer schlimmer und hinzu kam noch, dass mein linkes Bein langsam taub wurde. Das bemerkte ich allerdings erst ungefähr eine Woche nach diesem ersten Auftreten des Schmerzes.

Ich fuhr mit unserem Wagen in Richtung der nächst größeren Stadt, als ich auf einmal beim Schalten kein Gefühl mehr im linken Bein hatte. Die Kupplung schnellte hoch und ich verlor die Kontrolle über das Fahrzeug.

Es schlidderte, da es an dieser Stelle der Strasse besonders glatt war, denn hier im Sauerland lag zu dieser Zeit bereits der erste Schnee und ich landete im Graben. Gott sei Dank war mir ausser dem Schreck nichts weiter passiert.
Trotz aller Bemühungen meinerseits wurden die Schmerzen immer schlimmer. Ungefähr 14 Tage nach diesem Vorfall waren die Schmerzen so unerträglich, dass ich von meiner Frau in unser städtisches Krankenhaus gefahren wurde.

Dies sollte die erste Station im Verlauf einer langwierigen, schmerzhaften und deprimierenden Odyssee werden. Da ich privat versichert war, wurde ich in der Nacht gleich auf die Privatstation verlegt, ebenfalls wieder versorgt mit einer Infusion die meine Schmerzen nur gering linderte.

Als am nächsten Tag der Chefarzt zu mir kam und mit den Untersuchungen begann vermutete er zunächst auch einen Bandscheibenvorfall im Lendenwirbelsäulenbereich. Er schickte mich zu dem Radiologen, der seine Praxis in einer nahe gelegenen Klinik hatte.

Bei der Untersuchung und den Aufnahmen die von mir gemacht wurden, wurde leider vergessen mir ein Kontrastmittel zu spritzen, ein fataler Fehler, wie sich aber leider erst viel später herausstellen sollte.

Nachdem die Bilder ausgewertet waren wurde mir die niederschmetternde Nachricht überbracht, dass man bei mir nichts feststellen konnte mit Ausnahme einer Bandscheibenvorwölbung im Brustwirbelbereich. Was ich nicht wusste war, dass eigentlich jeder Mensch so eine Vorwölbung hat. Mir wurde lediglich gesagt dass ich gesund sei und es keine Erklärung für meine Beschwerden gäbe. Ich war damals kurz vorm Verzweifeln, da ich ja nach wie vor diese unvorstellbaren Schmerzen hatte.

Jeder der schon einmal einen Bandscheibenvorfall erleiden mußte, wird mir Recht geben, dass man sich teilweise nur auf allen vieren fortbewegen kann und nicht weiß, ob man besser steht, sitzt oder liegt und so war es auch bei mir.

Da ich aber nun einmal sehr gut versichert war, hat man natürlich noch vierzehn Tage versucht, mit Fangopackungen, Stangerbäder sowie Elektro-Therapie meine Schmerzen zu lindern. Als der Chefarzt dann merkte, dass es keine Besserung gab, entließ er mich mit einem Abschlußbericht, der mir die nächsten Monate zur Hölle machen sollte.

Er stellte mich in diesem Bericht als einen Simulanten dar, der eine Schwäche im linken Bein lediglich "demonstrieren" würde. Und ich garantiere - hat man erst einmal einen solchen Bericht in der Krankenakte, wird man in jeder anderen Klinik genau **so** behandelt als sei man wirklich ein Simulant, man ist quasi abgestempelt.

Nun mußte ich mich wieder bei meinem Hausarzt vorstellen, der aber auch mit seinem Latein am Ende war. Er versuchte es noch mit starken Schmerztabletten (Tramal) die bei mir jedoch eine solche Übelkeit verursachten, dass ich sie absetzen mußte. Danach steigerte er die Infusionen. Ich mußte zweimal täglich in seine Praxis kommen um mir diese verabreichen zu lassen. Zusätzlich stellte er mich von Tramaltabletten auf Tramaltropfen um.

Als letzte Möglichkeit wollte mich mein Arzt in eine Neurologische Klinik einweisen. Da ich mir keinen anderen Rat wußte, willigte ich ein und kam so in eine Klinik, ca. 150 km entfernt von unserem zuhause.

Dort angekommen las man sich natürlich den Entlassungsbericht aus dem Krankenhaus unseres Ortes durch und behandelte daraufhin keines meiner Symptome sondern versuchte, mir eine andere, eine psychische Erklärung für meine Beschwerden zu geben, bzw. einzureden.
Diese Neurologen waren Experten darin, einem Strom durch jeden Muskel des Körpers zu jagen, aber leider hatte das ja nun nichts mit meinen Beschwerden zu tun und brachte mir daher auch keine Besserung.

Während der letzten Woche meines Aufenthaltes wurde mir dann jedoch eine Ilosakralgelenksentzündung bescheinigt, die ich bei einer Schmerztherapeutin in meiner Nähe behandeln lassen könne. Bei dieser Entzündung, wird sowohl in die rechte, als auch in die linke Pobacke eine Spritze mit starken Betäubungsmitteln gegeben. Je nachdem wie der Arzt das Gelenk trifft, spürt man für ca. 2 Stunden nichts mehr in den Beinen oder es tritt keine Veränderung ein. Also eine ziemlich schmerzhafte Angelegenheit mit wenig Wirkung.

Wieder bei uns zuhause angekommen, wandte ich mich an eine "sogenannte" Schmerztherapeutin, die aber im eigentlichen Sinne "nur" als Anästhesistin in einem nahe gelegenem Krankenhaus tätig war.Obschon sie mit einem Gerät die Schmerzpunkte meines Körpers untersuchte und dabei auch feststellte, dass ich enorme Schmerzen in der Lendenwirbelsäule hatte interessierte es sie nicht weiter. Jedoch gab sie mir einige Tabletten mit, die ich einnehmen sollte.

Bei unserem nächstem Termin fragte sie mich :"Haben Ihnen die Tabletten geholfen, Herr Jakob?" Als ich dies verneinte, teilte sie mir mit, dass es sich bei den Tabletten um Morphium gehandelt hätte. "Sehen Sie Herr Jakob, daran können Sie erkennen, dass die Schmerzen nur in ihrem Kopf vorhanden sind." Nach dem abschließenden 2 Stunden Gespräch glaubte ich wirklich, meine Beschwerden seien psychischer Natur.

Da ich ja nun stets weiter versuchte meine Schmerzen zu bewältigen, wandte ich mich an Dr. 4 - einen Mann mittleren Alters der den Beruf des Psychiaters sehr ernst nahm. Er wurde mir von meiner Versicherung empfohlen. Trotz der wenigen Gespräche die wir führten glaubte er mir, dass meine Beschwerden nicht von der Psyche kamen. Doch Dr. 4 ging noch weiter.

Er forschte von meiner frühesten Kindheit an, machte sich wirklich Gedanken und äußerte diese, indem er zu mir sagte:"Wenn jeder meiner Patienten geistig so gesund wäre wie Sie, hätte ich keine Arbeit mehr." Er gab mir das Gefühl, nicht nur eine Nummer in seiner Praxis zu sein, sondern ein Mensch, der wirklich Hilfe brauchte. Parallel zu der Therapie bei Dr. 4 war ich auch noch bei einem Orthopäden in Behandlung. Dieser versuchte wirklich alles mögliche (und unmögliche), wie z.B. Akupunktur.

Hierdurch wurde meine Wirbelsäule so schmerzempfindlich, dass mir selbst jedes Schlagloch durch das ich beim Autofahren kam, Schmerzen bereitete.

So kam es, dass mir Halskrause und Krücken verordnet wurden. Dermaßen gut "ausgerüstet" erschien ich wieder bei Dr. 4 der mich leicht schmunzelnd in sein Behandlungszimmer bat. Er hatte bereits nach zwei Sitzungen erkannt, dass er mir von seiner Seite aus nur in sehr geringem Maße helfen konnte. Darum unterstütze er mich in meinem Bemühen neue, bessere und fähigere Ärzte zu finden.

Auf der anderen Seite kamen langsam zusätzlich die Probleme seitens meiner Versicherung. Es war ein kontinuierlicher Abwärtstrend zu erkennen, denn unsere finanzielle Lage belastete uns zusätzlich. Es wurde immer schwerer die anfallenden Arztrechnungen sowie meine Medikamente zu bezahlen, denn mein Einkommen sank, weil ich kaum arbeiten konnte und nur noch Krankengeld erhielt.

Dazu kam, dass meine Versicherung anfing, mich quer durch Deutschland zu schicken, da auch sie erkannte, dass an meinem

Heimatort keine Hilfe von ärztlicher Seite zu erwarten war. Die Entfernungen wurden stets größer und die Behandlungsmethoden wurden immer kurioser aber dazu später mehr.

Die nächsten Monate überbrückte ich mit Tramal und Novalgin "Cocktails" (Starke Schmerzmedikamente) deren Dosierung immer höher und höher wurden, da mein Körper allmählich resistent gegen diese Mittel wurde. Es war ungefähr im Juni als ich das nächste mal auf allen vieren "krabbeln mußte", da ich wieder einen "Schlag" ins Kreuz bekam wodurch die Schmerzen einen unerträglichen Höhepunkt erreichten.

Zur damaligen Zeit hatte ich keine Möglichkeit weiter entfernte Kliniken aufzusuchen und so wandte ich mich an eine nahe gelegene Orthopädische Klinik, die eigentlich einen sehr guten Ruf genoß. Aufgrund der Vorberichte, die diese Ärzte einholten, wurde ich in dieser Klinik ebenfalls von vornherein als Simulant abgestempelt, was mir bei jeder Visite immer wieder aufs Neue bestätigt wurde.

Trotzdem legte man mir den Zugang für Infusionen und liess mich an sämtlichen Therapien auch ohne Erfolg teilnehmen, **denn das bringt ja gutes Geld.**
So verliess ich nach unangenehmen zwei Wochen auch diesen "wundersamen Ort" um mich zuhause weiter zu pflegen. Eine endgültige Diagnose erhielt ich wieder nicht, wohl aber eine Privatärztliche Rechnung die mit dem 3,5 fachen Satz abgerechnet wurde da ich ja ein Privatpatient war und den kostenlosen Hinweis, dass meine Beschwerden psychisch bedingt wären.

Ungefähr zwei Wochen nach dem Aufenthalt in dieser Klinik

bewegte ich mich erneut so unglücklich, dass mein Rücken extrem schmerzte so dass ich mich kaum noch bewegen konnte. Meine Frau war nicht zuhause als dies passierte, denn sie hatte wieder begonnen zu arbeiten und so bat ich meine Mutter um Hilfe.

Auf ihr Drängen hin fuhren wir erneut in diese Klinik, obschon ich damals so weit war, dass ich kein Krankenhaus mehr von innen sehen wollte. Bei diesem Aufenthalt wurde tatsächlich endlich der Bandscheibenvorfall festgestellt, da der Radiologe, der mich untersuchte, Kontrastmittel spritzte.

Darauf war deutlich der Vorfall an der Lendenwirbelsäule im Bereich LW5 S1 zu erkennen. Ich hatte mich also bereits neun Monate mit diesem Vorfall gequält.

Unendlich erleichtert durch diesen Befund und bestätigt darin, dass ich mir die Schmerzen nicht eingebildet hatte, kam ich zurück in die Klinik.

Doch Professor Dr. 6, der mich damals zum zweiten Mal untersuchte, sagte mir, dass er keine Notwendigkeit für eine Operation sehen würde. Ich bekam also weiter die Anwendungen, die bei solchen Befunden angeraten sind, als da wären: Bewegungsbäder, Stangerbäder, Krankengymnastik und Elektrotherapie.

Die Bewegungsbäder waren allerdings damals das Einzige, was mir ein wenig Linderung bereitete, jedoch auch nur solange ich im Wasser blieb. Sobald ich wieder aus der Wärme kam, fingen die Schmerzen sofort schlimmer an als zuvor, da man sich ja im Wasser ganz anders bewegen kann. Dass man seinen Körper im Wasser strapaziert hat, spürt man eben erst, wenn man wieder "an Land" ist. Mein Körper reagierte also sofort negativ darauf und zeigte mir, dass es eben nicht so gesund ist, wie die Ärzte mir einreden wollten.

Auch dieser Aufenthalt dauerte ungefähr zwei Wochen, danach wurde ich entlassen mit der Bitte, die angeratenen Therapien ambulant weiter zu führen.Dieses tat ich auch, denn in der Nähe der Klinik hatte ein medizinisches Sportstudio eröffnet. Dort meldete ich mich umgehend nach meiner Entlassung an und wurde sehr freundlich aufgenommen.

Da es sich wirklich um geschultes Fachpersonal handelte, erwies es sich bereits bei der Eingangsuntersuchung als sehr beschwerlich für mich selbst die einfachsten Übungen zu vollziehen. Der Trainer bestätigte mir, dass es für mich sehr schwer sein würde, ein passendes Trainingsprogramm aufzustellen, da mein Rücken und mein Bein auf jegliche Belastung mit Schmerz reagierten.

Trotzdem fand er einige Übungen, die ich regelmäßig wiederholen sollte. Leider konnte ich nur ungefähr vier Wochen in diesem Studio an meinem Muskelaufbau arbeiten, da es dann wieder schlimmer mit dem Rücken wurde.

In dieser Zeit begannen die ersten kleinen Spannungen zwischen meiner Frau und mir. Sie verstand nicht, dass ich manchmal unzufrieden mit mir und der Welt war und wir stritten uns ziemlich oft. Diese Situation schlug sich auch auf die Kinder nieder obschon Bianca damals noch sehr jung war. Sie schlief immer unruhiger und so waren wir noch zusätzlich belastet.

Außerdem plagten mich die ersten Selbstzweifel, die mich glauben ließen, ich würde mir diese Schmerzen tatsächlich nur einbilden. Es ging sogar noch weiter.

Kapitel 3

Gebrochen oder nicht?

Diese Selbstzweifel wurden immer schlimmer und so kam, was für mich damals unvermeidbar war - so dachte ich zumindest.

Es war ein recht regnerischer Tag und das Wetter kam der Stimmung gleich, die in mir herrschte. Es schien, als bräche alles über mir zusammen. Die Stimmung innerhalb der Familie wurde schlimmer und die Streitereien immer lauter und unsachlicher.

Ich suchte die Schuld immer bei anderen und meine damalige Frau die Schuld immer mehr bei mir. Der finanzielle und emotionale Druck stieg an und türmte sich vor mir auf wie ein unüberwindbares Hindernis.

Immer häufiger kamen Sprüche von Daniela wie: "Du willst es doch nicht anders" oder " Laß Dich nicht so hängen". An diesem Tag, ich war wie in letzter Zeit häufig alleine mit meiner Tochter, wollte ich nicht länger leiden. Ich rief meine Mutter an, die mir in der Zeit zuvor häufig die Kleine abgenommen hatte und bat sie zu mir zu kommen.Innerhalb von fünfzehn Minuten war sie bei mir und fragte was denn los sei. Auch ihr waren die Veränderungen an Daniela und mir aufgefallen und sie sorgte sich um unsere Zukunft.

"Was ist los" fragte sie mich doch ich wich nur aus."Ich muß noch mal weg und es wäre nett, wenn Du in der Zwischenzeit auf Bianca aufpassen würdest" sagte ich. Doch der Weg, den ich fahren wollte, war eigentlich ein Weg ohne Rückkehr. Ich wollte einfach nicht mehr.

In den vorherigen Wochen reagierte ich mich häufig durch Autofahren ab, hörte dabei laute Musik und ließ meine Gedanken treiben. Doch an diesem Tag war alles anders.

Keine Musik, kein abreagieren... Ich hatte das Gefühl mein Kopf würde platzen und nichts konnte mich von meinem Vorhaben abbringen.

Die Straßen waren naß doch mir war das nur recht. Ich erhöhte die Geschwindigkeit immer mehr und merkte, wie die Reifen etwas aus der Spur liefen. Die Gedanken kreisten um Geldsorgen, eine Familie die kurz vor dem Zerbrechen war, eine Frau die mir nicht mehr zuhörte und mir statt dessen immer mehr Vorwürfe machte, Ärzte die mich als einen Simulanten abstempelten und mir keine Zukunftsperspektive mehr boten. Je weiter ich mich von zuhause entfernte, desto leichter schien es mir zu fallen, meinem Leben ein Ende zu bereiten. Die Scheibenwischer meines Mercedes liefen auf höchster Stufe doch ich konnte trotzdem nicht viel sehen.

Zwölf Stunden zuvor hatten Daniela und ich noch einen riesigen Streit. Es ging mal wieder um Geld oder besser darum, dass wir eben kein Geld hatten um den Wochenendeinkauf zu erledigen. Ich hatte zu viel getrunken (leider hatte ich mir aufgrund meiner Schmerzen angewöhnt Bier zu trinken, da dies die Wirkung der Tropfen verstärkte) und so wurde ich schnell unsachlich und machte ihr im Gegenzug Vorwürfe, dass sie kein Verständnis für mich habe und ich mich vernachlässigt fühlte.

Der Streit eskalierte und Daniela verließ das Wohnzimmer mit einem lautem Knallen der Tür. Diese Nacht wurde eine lange Nacht. Ich grübelte und dachte nur daran, wie ich meiner Familie aus dieser Misere heraushelfen konnte. Und wie so oft, wenn man zuviel getrunken hat, kommen die unglaublichsten Gedanken in einem hoch.

Ich schlief in dieser Nacht so gut wie gar nicht und als Daniela morgens zu ihrer Arbeit fuhr, stand mein Entschluß fest. Ich glaubte zu wissen, was zu tun wäre und wollte mich nicht davon abbringen lassen.

Als meine Mutter eintraf spielte Bianca im Wohnzimmer und wir gingen in die Küche. Meiner Mutter sagte ich, dass ich noch ein paar Wege zu erledigen hätte bei denen ich meine Tochter nicht mitnehmen könne. Doch sei es Mutterinstinkt oder nur eine Ahnung, sie sagte zu mir: "Mach keinen Unsinn mein Junge, denk daran, dass Du eine Familie hast". Kurz bevor ich fuhr, ging ich noch einmal zu Bianca, die immer noch auf dem Teppich mit ihren überdimensionalen Legosteinen spielte und sich immer dann köstlich amüsierte, wenn der von ihr gebaute Turm zusammenbrach.
Ich nahm sie in die Arme, hielt sie ganz lange fest und gab ihr einen dicken Kuß. Ich dachte daran, dass es das letzte Mal sein sollte, dass ich ihre weiche, süß duftende Babyhaut spürte, doch dann riß ich mich los und verließ unser Haus.

Die Geschwindigkeit des Mercedes war mittlerweile weit über dem Erlaubtem. Fahrzeuge die mir entgegen kamen begannen mich mit Lichthupe zu warnen denn die Straße hatte ziemlich starke Spurrinnen. Doch all das ließ mich die Geschwindigkeit nur noch weiter erhöhen bis - ja bis der Wagen auf einmal komplett ausbrach.

Die Vorderräder schlugen plötzlich nach links aus und ich verlor für einen kurzen Augenblick die Kontrolle über das Fahrzeug.

Als ich es wieder unter Kontrolle hatte, befand ich mich auf der Gegenspur und ein Lkw kam frontal auf mich zu...... "Du hast Familie" "Ich habe eine Tochter - sie braucht einen lebenden Vater, keinen toten" schossen mir die Gedanken im Bruchteil einer Sekunde durch den Kopf.

Keinen Moment zu spät reagierten meine Hände und ich riß das Lenkrad herum um wieder auf die richtige Spur zu kommen."Das ist es nicht wert", dachte ich bei mir. Auch wenn bisher kein Arzt den Grund für meine Schmerzen entdeckt hatte, so wollte ich weiter kämpfen. Ich war noch nie ernsthaft in meinem Leben erkrankt und ich würde auch das hier überstehen. Und vor allem war es kein Arzt der Welt wert, dass ich mein Leben wegwerfe.

Kapitel 4

Der Kampf beginnt

Es war nun inzwischen Mitte des Jahres Zweitausend. Zwei Termine, die durch meine Krankenversicherung bei dem Vertrauensarzt der Bundesversicherungsanstalt für Angestellte für mich vereinbart worden waren, konnte ich durch Aufenthalte in verschiedenen Kliniken nicht wahr nehmen.

Doch dieses Mal stand der Terminwahrnehmung nichts im Wege. Also mußte ich nach Hagen, was für uns wieder zwei Stunden Fahrt bedeutete. Dort angekommen dauerte es nicht lange bis mich Dr. 7 empfing.
Nach eingehender Untersuchung, wobei er sogar Fotos von mir machte, meinte er, er würde mich noch zum Röntgen schicken um

sich ein genaueres Bild von mir machen zu können. Er betonte damals, dass dies bei ihm nur sehr selten vorkommen würde.

Dr. 7 bezifferte dies indem er sagte, dass er von zehntausend Patienten nur einen röntgen ließ. Doch auch diese Aufnahme half ihm nicht weiter.

Er fragte mich, ob ich eine Vorstellung davon hätte, was jetzt mit mir weiter geschehen sollte. Ich antwortete ihm, dass ich gehört habe, dass in München einige Ärzte seien, die ein neues Verfahren entwickelt haben. Daraufhin machte er sich einige Notizen und entließ mich ohne noch ein weiteres Wort mit mir zu wechseln.

Was ich zu diesem Zeitpunkt nicht wußte war, dass eben diese Notizen und der daraus resultierende Bericht an die Krankenkasse den Stein ins Rollen brachte.

Ungefähr 2 Wochen nach besagtem Gespräch, bekam ich einen Anruf eines neuen Versicherungsträgers. Ich erfuhr, dass jede Versicherung noch einmal einen Rückversicherer hat, der sich dann einschaltet, wenn höhere Kosten auf eine Versicherung durch einen Kunden zukommen. Es stellte sich bei uns ein Herr X vor, der von besagter Rückversicherung beauftragt wurde, mich "wieder ins Berufsleben zu integrieren" (welch abwegige Idee, zumindest zu diesem Zeitpunkt).

Zeitgleich kam von meiner Krankenversicherung die Kündigung meines Krankentagegeldes mit Frist von drei Monaten. Das einzig positive war, dass mittlerweile vom Versorgungsamt die Schwerbehinderung anerkannt worden war und ich sogar einen Ausweis mit sechzig Prozent erhielt, dies mit dem Vermerk "G", der für Gehbehinderung steht.

Da der Vertrauensarzt in seinem Bericht an meine Krankenversicherung geschrieben hatte, ich sei berufsunfähig konnte meine Versicherung diese Kündigung aussprechen.

All das waren für mich neue Erfahrungen, da ich in meinen ganzen Berufsjahren noch keinen Fall der Berufsunfähigkeit bei einem Kunden erlebt hatte. Und nun mußte ich am eigenen Leib erfahren, wie schnell man in diese Tretmühlen geraten konnte.

Bei uns lief also ein Countdown von drei Monaten ab, in denen ich entweder meine Schmerzen ignorieren und wieder arbeiten konnte, oder aber meine Rente durchgesetzt bekommen würde. Letztere habe ich gleich an dem Tag beantragt, an dem ich erfuhr, dass ich berufsunfähig sein sollte, was sich nachher als "mein Glück" herausstellen sollte.

Herr X begann damit mich zuhause zu besuchen und mir verschiedene Alternativen aufzuzeigen die in den nächsten Monaten mit seiner Hilfe stattfinden würden. Unsere erste Station war damals Koblenz, wo eine alternativeBehandlung stattfand bei der ich 48 Stunden in Stufenbettlagerung verbringen sollte.

Mir wurde also ein Hotelzimmer in Koblenz reserviert, welches nur ungefähr 5 Gehminuten von der Praxis dieses Arztes entfernt lag. Zur selben Zeit befand sich meine Frau mit Bianca in einer Mutter-Kind-Kur, so dass ich alleine in Koblenz ankam.

Dr. 8 kam mir im ersten Moment sehr nett vor. Er war ein kleiner untersetzter Herr, der einen eher gemütlichen Eindruck vermittelte. Doch auch da täuschte mich meine Menschenkenntnis.

Nachdem ich es mir in meinem Hotelzimmer gemütlich gemacht und meine Beine hochgelegt hatte, begannen die Schmerzen schlimmer und schlimmer zu werden, da auch Dr. 8 mich bezüglich der Schmerzmittel umgestellt hatte. Hinzu kam, dass ich mein Auto so geparkt hatte, dass ich alle zwei Stunden hinunter mußte um meinen Parkschein zu verlängern. Am Abend schleppte ich mich zum Chinesen um die Ecke, da im Hotel keinerlei Verpflegung inbegriffen war.Also ein totales Chaos, was die Planung anging, denn zur Bettruhe gehört eben, dass man wirklich im Bett bleiben kann und nicht andauernd aufstehen muß.

Nach einem ausgiebigen Menü war ich eigentlich für die Nacht versorgt, doch was ich nicht bedacht hatte war, dass mein

Schmerzpegel immer höher und höher stieg. Es wurde so unerträglich dass mir die Tränen liefen und ich alles verfluchte, was ich bis dahin bereits erdulden mußte. Es wurde eine Nacht in der ich kein Auge zutat und in der kein Medikament mehr wirkte.

Am nächsten Morgen rief ich in der Praxis von Dr. 8 an und bat darum, dass er mich im Hotel aufsuchen sollte. Da er jedoch noch Sprechstunde hatte, konnte er erst gegen Mittag bei mir sein. Nach mehr als drei Stunden hatte ich keinerlei Interesse mehr im Zimmer zu bleiben und ging unter Schmerzen, die immer noch nicht abgeklungen waren, die Treppe des Hotels hinunter.

Als ich den letzten Absatz erreichte, kam Dr. 8 in die Empfangshalle des Hotels herein. Als er mich sah, stürmte er sofort auf mich zu und schrie quer durch die Empfangshalle, "Sind sie denn lebensmüde? Machen sie sich gar keine Gedanken darüber was Ihnen passieren könnte?!".

Ich verstand ihn und seine Panik nicht, denn bis dahin hatte ich noch keinerlei Diagnose von ihm erhalten. Erst als er mich bis zu seiner Praxis begleitete, bestätigte er mir, dass er davon ausgeht, dass ich einen Bandscheibenvorfall habe.

Nach seinen Untersuchungsergebnissen hatte ich bereits Lähmungserscheinungen im linken Bein die im fortgeschrittenen Stadium waren. Er wollte versuchen, durch eine intensive Bettruhe die Schwellung im Wirbelbereich zu beruhigen und abklingen zu lassen, da er davon ausging, dass die Lähmung durch einen - vom Bandscheibenvorfall eingeklemmten - Nerv her rührte.

Da seine Frau ebenfalls in dieser Praxis eine Krankengymnastik Abteilung hatte, bestand er darauf mich von ihr auch noch einmal untersuchen zu lassen. Das Ergebnis davon war, dass ich zusätzlich wieder einmal eine Ilosakralgelenksentzündung hatte.

Daraufhin kam Dr. 8 zu dem Schluß, dass ein weiterer Aufenthalt in Koblenz keinen Erfolg bringen würde und er empfahl mir einen Chirurgen zu dem er absolutes Vertrauen hatte. Dieser hieß Prof. Dr. 10 und leitete die Chirurgische Abteilung im Klinikum C.

All dies was ich bis hier her erlebt hatte, sollte mir zeigen, dass das was ein Arzt im Gespräch sagt und was er nachher in den Bericht schreibt meilenweit auseinander klaffen kann. Leider war es auch in diesem Fall so, denn der Bericht, der an meine Krankenkasse und an die Rückversicherung ging sagte u.a. aus, dass ich jede Mitarbeit meinerseits verweigert hätte. Wahrscheinlich weil ich nicht die 48 Stunden im Bett geblieben war, was mir jedoch aufgrund der Umstände (z.B. keinerlei Zimmerservice weder beim Essen noch bei der Medikation) unmöglich gemacht worden war.

Durch Berichte wie diesen wurde es mir natürlich nicht einfacher sondern nur noch schwerer gemacht einen Arzt zu finden der mir objektiv helfen würde. Nun waren also schon zehn Monate vergangen, ohne dass meine Schmerzen gelindert wurden.

Im September Zweitausend hatte Herr X einen neuen Termin in Braunschweig für mich gemacht, bei dem ich in einem Rehabilitationszentrum für Hochleistungssportler, in welchem schon einige berühmte Athleten behandelt worden waren, aufgebaut werden sollte. Also machten wir uns wieder auf den Weg dorthin.
Beim Eintreffen in Braunschweig hatte ich das Gefühl, als wäre ich in einem überdimensionalen Sportstudio, denn es waren mehr als hundert Geräte - mit denen man die verschiedensten Übungen machen konnte - vorhanden.

Kurz bevor wir uns in einem Büro mit allen Beteiligten über Ziele und Erfolgschancen unterhalten wollten, fielen mir sämtliche bis dahin gemachten Röntgen und MRT Aufnahmen aus der Hand.
Als ich versuchte mich unter Schmerzen zu bücken um sie wieder aufzuheben, sagte mir der dortige Leiter des Rehazentrums - der bemerkt hatte wie sehr ich mich quälen mußte - es habe unter diesen Bedingungen keinen Zweck mit mir überhaupt irgendwelche Übungen zu machen. Dadurch bestünde die Möglichkeit, alles eher zu verschlimmern als dass ein dauerhafter, schmerzlindernder Erfolg zu verzeichnen sein würde.

Als kurz darauf Herr X eintraf, wurde ihm diese Nachricht natürlich sofort mitgeteilt und beide machten sich Gedanken, was man statt dessen mit mir machen könne.

Nach circa zwei Stunden hatten sie für den nächsten Tag einen Termin für mich im ehemaligen Ost Berlin bei einem Radiologen bekommen, der mir während einer Computer Tomographie Betäubungsspritzen in den betreffenden Bereich im Rücken geben sollte. Ich fühlte mich hin und her geschubst wie ein Ball in Kinderhänden, andere Leute bestimmten über mein Leben. Ich war ihnen wehrlos ausgeliefert.

Auch auf dieses Abenteuer ließen wir uns ein und so fuhren wir nach einer Übernachtung in Braunschweig am nächsten Morgen los. Ungefähr vier Stunden später kamen wir in Berlin an. Der Arzt, der mir die Spritzen geben sollte, hatte zuvor jahrelang an der Charitee in Berlin gearbeitet und hatte einen sehr guten Ruf. Was wir jedoch nicht wußten war, dass diese Behandlung j e d e r Radiologe hätte machen können.

Er zeichnete den betroffenen Bereich an und markierte den Punkt, an dem die Kanüle in die Wirbelsäule eingeführt werden sollte. Nachdem er sie eingestochen hatte wurde ein erneutes CT-Bild erstellt.
Ich lag da also auf dem Bauch, die Nadel steckte in meiner Lendenwirbelsäule und ich hatte unerträgliche Schmerzen, durfte mich aber nicht bewegen.

Nach dem ich auch diese Tortur über mich ergehen lassen hatte, war ich zwar durch das Betäubungsmittel, welches ich nun eingespritzt bekommen hatte, schmerzfrei, wir mußten jedoch noch am selben Tag wieder zurück ins Sauerland. Dies bedeutete acht Stunden im Pkw fahren, sitzen ohne Möglichkeit meine Beine hoch zu legen.

Wieder zuhause war von der Betäubung nichts mehr zu spüren und ich begann langsam an dem Verstand der Versicherer zu zweifeln. Wie konnten sie einen Menschen solchen Strapazen aussetzen ohne in irgendeiner Weise auf den Betroffenen Rücksicht zu nehmen?
Nach dem nun alles was verlangt wurde, von meiner Seite getan worden war, entschlossen wir uns auf den Arzt in Solingen zurück zu kommen, der uns zuvor von Dr. 8 empfohlen worden war.

Prof. Dr. 10 war ein anerkannter Chirurg der bei Bandscheiben Operationen eine hervorragende Erfolgsbilanz zu verzeichnen hatte. Da meine Frau zu der Zeit noch immer in der Mutter-Kind-Kur war, fuhr ich mit meiner Mutter nach Solingen, die mir in dieser Zeit eine große Hilfe war.

Bei Prof. Dr. 10 angekommen bekam ich eine niederschmetternde Antwort in Bezug auf den Befund. Er sagte mir, dass er vermutet, dass sich aufgrund der langen Zeit, die ich mittlerweile mit diesem Bandscheibenvorfall herumlief, Tumore an der Wirbelsäule gebildet haben könnten.

Ferner sah er anhand der Röntgenaufnahmen, dass ich unter großen Schmerzen leiden mußte. Dies erkannte er an der Steilstellung meiner Lendenwirbelsäule. Diese ist nämlich normalerweise am Ende wie ein Seepferdchen geformt. Bei mir jedoch war sie durch die monatelange Schonhaltung fast ganz gerade. Ich fiel fast hinten über, da ich mit allem gerechnet hatte - aber nicht mit solch einer Aussage.

Den Tränen nahe fuhren wir von dort wieder weg, mit dem beklemmenden Gefühl und den zwiespältigen Gedanken, was sich in meinem Körper abspielen mag. Meine Mutter redete zwar beruhigend auf mich ein, aber irgendwie gelang es ihr nicht an mich heran zu kommen. Hierzu muß man sagen, dass acht Jahre zuvor mein Vater an Krebs gestorben war und ich deshalb enorme Angst hatte, dass es mir ähnlich ergehen könne.

Daheim angekommen, rief ich meine Krankenversicherung an und teilte ihnen mit, was Herr Prof. Dr. 10 mir zuvor gesagt hatte.Ungefähr eine Woche später bekam ich den schriftlichen Bericht aus dem Klinikum in dem k e i n einziges Wort von dem stand, was er mir gesagt hatte.

Wie vorher bereits beschrieben, was Ärzte sagen und was letztendlich in ihren Berichten steht, muß keinesfalls übereinstimmen.

Nun lag es an mir zu entscheiden ob ich mich operieren ließ oder nicht. Die Zeit in der ich noch das Krankengeld erhielt neigte sich dem Ende zu und ich hatte einen Brief meiner Lebensversicherung erhalten, die die Berufsunfähigkeitsrente zahlen würde. Hierin teilten sie mir mit, dass sie unter der Voraussetzung, dass ich mich operieren lasse, die Rente für die Zeit von sechs Monaten zahlen würden.

Man muß sich dies alles mal auf der Zunge zergehen lassen...... Ich kam mir vor wie auf einem Bazar, wo man durch feilschen eventuell etwas Rabatt bekommen könnte. Nur, dass es bei diesem Handel um mein Leben und meine Gesundheit ging.

Klar konnte ich verstehen, dass die Versicherung nicht gleich eine Zusage für den Rest meines Lebens aussprechen konnte und wollte, doch diese Zusage an eine Operation zu knüpfen empfand ich als unethisch und unmoralisch.

Mir blieb ja eigentlich keine Wahl, wollte ich nicht vor dem finanziellen Ruin stehen. Doch auch so war es für uns nicht gerade einfach, denn die monatlichen Raten für unser Auto liefen stets weiter und eine Rücknahme durch den Händler war nicht möglich, da der Wagen zu kurz in unserem Besitz war.

Bis zu diesem Zeitpunkt mußte ich auch noch immer meine Lebensversicherung sowie sämtliche anderen Versicherungen wie z.B. Krankenversicherung weiter bezahlen. Alleine die laufenden Raten und Kredite verschluckten neunzig Prozent meines

Krankengeldes.

Und von dem Rest mußten Lebensmittel, Benzin und natürlich auch die notwendigen, alltäglichen Dinge wie Telefon, Strom und Heizöl bezahlt werden. Kurz gesagt, die Abwärtsspirale war in vollem Gange und ich lief immer weiter auf das Chaos und den finanziellen Supergau zu.

Kapitel 5

Operation... ja oder nein ???

Trotz der allgemein angespannten Situation mußte ich versuchen einen klaren Kopf zu bekommen um die für mich richtige Entscheidung zu treffen. Meine Frau Daniela stand damals trotz der ganzen Spannungen und Streitereien noch zu mir und wir beschlossen gemeinsam eine Lösung finden zu wollen.

An Ärzte, ganz gleich welcher Fachrichtung, wollte ich mich nicht mehr wenden, da bis hierher bereits zu viel Schindluder mit mir getrieben worden war. Dies dachte ich zu diesem Zeitpunkt ohne zu ahnen wie schlimm es noch werden sollte.

Es war nun mittlerweile Anfang November zweitausend und ich war nur in einem Punkt sicher. Ich hatte mir in all den Monaten nichts eingebildet. Alles war real - zu real leider, denn die Schmerzen wurden immer unerträglicher.

Die gesamte linke Außenseite meines Beins war taub und das ging runter bis in die Zehen. Auf leere Versprechungen, ganz gleich von welcher Seite konnte und wollte ich nicht mehr hören.

Zur selben Zeit begannen die Familienbande sowohl zu meinen Geschwistern aber auch zu der Mutter, dem Stiefvater und der Schwester Danielas langsam zu zerreißen. Von meinen Geschwistern wurde ich mittlerweile als arbeitsscheu und faul abgestempelt.

Von der Familienseite meiner Frau als Lügner und Simulant. Und auch die wenigen Freunde die uns geblieben waren, kamen kaum noch zu Besuch, denn mit mir konnte man ja fast nichts mehr unternehmen.

So beschlossen Daniela und ich für einige Tage an die Ostsee zu fahren. Wir fuhren in den Ort, in dem ich bereits als kleiner Junge mit meinen Eltern immer Urlaub machte - nach Heiligenhafen. Dort war es um diese Jahreszeit wunderschön, wenn man die Ruhe und die Einsamkeit, sowie die ersten kalten Winterstürme liebte.

In meinem Hirn drehten sich die Gedanken immer und immer wieder um die Operation. In meinen Träumen erwachte ich aus der Narkose und war querschnittgelähmt oder ich erwachte gar nicht mehr, oder ich wurde wach, vor mir steht der Professor und teilt mir mit, dass auch ich Krebs habe, wie zuvor mein Vater. Jeden Morgen wurde ich mit Schweißperlen auf meiner Stirn wach.

Tagsüber redeten wir oft über das, was wohl am besten für mich wäre und es waren immer wieder Gespräche über ein "Für" und "Wider" einer solchen Operation.

Da unsere Geldsorgen immer schlimmer wurden und ich ja bereits im Mai, also vor sechs Monaten die Rente beantragt hatte, kamen wir gegen Ende unseres Urlaubs zu dem Schluß, dass ich mich unter der Voraussetzung operieren lassen würde, dass meine

Versicherung uns die Rente rückwirkend zu Mai ausbezahlen würde.

Damit wären wir schon einmal eine große Sorge los gewesen, die mir zusätzlich zu meinen gesundheitlichen Beschwerden manch schlaflose Nacht bereitet hatte.

Doch es sollte nicht das letzte Problem sein, welches wir meistern mußten, denn einen Tag bevor wir zurück fuhren bekam Daniela einen Anruf ihrer Schwester. Diese teilte ihr darin kurz und bündig mit, dass sie mit uns keinen Umgang mehr haben wolle, da wir Kriminelle seien. Sie ging sogar soweit, dass sie sagte, wir würden früher oder später im Gefängnis landen, da ja keiner wirklich auf Dauer so krank sein kann wie ich das immer vormachen würde.

Meine Frau könne sich bei ihr ja wieder melden, wenn sie mich in den Wind geschossen hätte. Dies war für meine Frau ein derber Schlag, denn an ihrer kleinen Schwester hing sie ganz besonders.

Doch auch dies sollte nur ein Bruchteil dessen sein, was wir und besonders ich in den nächsten Monaten noch verkraften sollten.Denn was ich nie geahnt hätte ist, dass man in einer solchen Zeit in Punkto Menschenkenntnis und Freundschaften eine ganze Menge dazu lernt. Nicht jeder der Dir sagt, "Ich bin Dein Freund" erweist sich auch als solcher. Und die Sprüche wie "Blut ist dicker als Wasser" bekommen in einer solch schweren Zeit eine ganz andere Bedeutung.

Wieder zuhause angekommen, setzte ich mich mit der Rückversicherung, über die zu diesem Zeitpunkt alle Gespräche und Vereinbarungen liefen, in Verbindung. Ich teilte Herrn X mit, dass ich unter der Voraussetzung, dass mir meine Rente rückwirkend zu Mai erstattet würde, zu einer Operation bereit sei. Er sicherte mir dies in unserem Telefonat zu und versprach, sich sofort darum zu kümmern.

Allem Anschein nach hatte ich wirklich bekommen, was ich mir vorgestellt hatte. Aber welch einen Preis ich dafür zu zahlen hatte, wurde mir leider erst viel, viel später bewußt.

Nachdem nun also der finanzielle Backround geklärt war, wurde schnellst möglich ein Termin in der Klinik in Solingen vereinbart. Trotz der Zweifel, die ich natürlich nach wie vor hatte, ergab ich mich in mein Schicksal.

Man stelle sich vor, genau dreihundertsechsundsechzig Tage nach dem ich die ersten Schmerzen bekam, lag ich nun auf dem Operationstisch und mir sollte wirklich geholfen werden, so glaubte ich.

Es war der Tag X, der dreiundzwanzigste November des Jahres zweitausend, genau sechs Uhr morgens. Ich erwachte nach einer ziemlich unruhigen Nacht. Trotz des "blauen Engels" den ich am Abend zuvor von der Nachtschwester bekommen hatte, konnte ich kaum ein Auge zu machen. (Blauer Engel ist eine sehr starke Beruhigungstablette die Müdigkeit und totale Entspannung zur Folge haben soll).

Gegen sieben Uhr kam die Schwester der Frühschicht herein und gab mir noch eine dieser Tabletten. Diese nahm ich jedoch nicht sofort ein, sondern wartete damit noch. Ich wollte erst noch duschen gehen, wovon ich mich auch nicht abhalten ließ. Nachdem ich nun frisch geduscht in meinem Bett lag, nahm ich die Tablette.

Kurze Zeit später war ich auch schon vor Erschöpfung und durch die Wirkung des Medikaments eingeschlafen. Doch es war kein tiefer Schlaf sondern eher ein Dahindämmern bis um kurz nach neun Uhr die Tür zu meinem Krankenzimmer geöffnet wurde und eine Schwester in Begleitung eines Pflegers herein kam.

"So Herr Jakob" sagte sie, "nun ist es soweit und wir bringen sie jetzt runter zum OP". Ich konnte kaum etwas sagen, denn durch die Tablette war ich wirklich wie gelähmt. Unten angekommen merkte ich, dass es sehr kalt war. Ich bekam eine Gänsehaut und hoffte nur, dass alles schnell vorbei gehen würde.

Als ich in den OP geschoben wurde, kann ich mich nur noch an einen kleinen Einstich im Handrücken erinnern und kurz danach wurde alles schwarz und dunkel um mich herum.
Der Nachmittag war schlimm. Ungefähr drei Mal klingelte ich nach der Schwester, da die Schmerzen im Rücken unerträglich waren. Doch die Schwestern waren alle sehr nett und gaben mir immer gleich eine Spritze in den Po. Dann dauerte es ungefähr zehn Minuten und der Schmerz ließ nach, so dass ich weiter schlafen konnte. Dieser Tag verlief in einem totalen Dämmerzustand und ich kann mich auch an nichts Außergewöhnliches erinnern.

Am nächsten Tag kam der Professor zu mir ans Bett. Er strahlte mich an und meinte, dass die Operation gut verlaufen sei. Es hätte keine Probleme gegeben und der Bandscheibenvorfall sei behoben. Ich fragte ihn, warum ich dann immer noch solche Schmerzen im linken Bein habe, worauf er mich angrinste und entgegnete, dass dies wohl mit meinem Rauchen zusammenhinge!

Ich war geschockt und fiel fast wieder in Narkose, denn ich bin zwar Raucher hatte aber noch niemals eine Diagnose in Richtung

Raucherbein bekommen. Diese abstruse Vermutung des Arztes stellte sich natürlich im nachhinein als falsch heraus.

(Anmerkung des Autors.... Da solche oder ähnlich Äusserungen von verschiedenen Ärzten leichtfertig immer wieder ausgesprochen wurden, war ich erst am überlegen, ob ich nicht lieber eine Satire schreiben sollte)

Ich mußte noch am selben Tag aufstehen was mir gerade recht kam, da ich wirklich gerne eine rauchen wollte. Doch der erste Zug den ich nahm, war an diesem Tag auch mein letzter. Durch die Narkose vom Vortag war mein Körper noch so geschwächt, dass sich mir gleich alles drehte und ich froh war wieder in meinem Bett zu liegen.

Ab dem zweiten Tag konnte ich schon an leichter Krankengymnastik teilnehmen und ob man es glaubt oder nicht, es wurde von Tag zu Tag besser. Ab dem vierten Tag hatte ich außer dem normalen Wundschmerz keinerlei Beschwerden mehr in meinem Rücken. Das Taubheitsgefühl in meinem Bein war verschwunden und ich fühlte mich wie ein neuer Mensch.

Als mich meine Frau nach einer Woche mit meiner Tochter besuchen kam, konnte ich ihnen aufrecht und ohne humpeln entgegen gehen. Es war ein unbeschreibliches Gefühl. Nach über einem Jahr, endlich schmerzfrei!!! Ich hätte die ganze Welt umarmen können.

Nach einer weiteren Woche wurde ich aus dem Krankenhaus entlassen. Der Professor schrieb mich noch zwei Wochen krank und meinte, dass ich danach wieder arbeitsfähig sein würde. Also keine Reha, keine weitere Krankengymnastik und keinerlei Sport um die Rückenmuskulatur aufzubauen, etwas das eigentlich jeder, der eine solche OP hinter sich hat unbedingt verordnet bekommen sollte.

Aber ich war wirklich glücklich. Ich konnte als gesunder Mann wieder nach Hause gehen.Bis hierher könnte man sagen:"OK - es ist vielleicht einiges schief gelaufen, aber dem Mann geht es jetzt wieder gut, er kann seiner Arbeit wieder nachgehen und ist wieder voll für seine Familie da."

Ja, das hätte so enden können!

Kapitel 6

Der Rückschlag

Doch zunächst einmal sollte ich zwei wunderschöne Wochen im Kreise meiner Familie verbringen. Daniela und ich unternahmen sehr viel Schönes mit den Kindern. Es war fast so als sei ich nie krank gewesen. Bis zu dem Tag, der unser Leben plötzlich wieder auf den Nullpunkt brachte.

Die Zeit ohne Schmerzen war wie im Flug vergangen. Meine Frau und ich waren im Wohnzimmer unseres Hauses und die Kinder alberten mit uns herum. Ich wollte etwas schneller hinter meiner Tochter her und bewegte mich eigentlich normal. Doch auf einmal passierte, was wir alle nicht erwartet hatten. Ein nicht unbekannter Schmerz durchfuhr meinen Körper und ich konnte mich nicht mehr auf den Beinen halten. Ich sank zusammen und es war mir unmöglich mich zu bewegen. Auf dem schnellsten Weg wurden meine Beine hochgelagert, so wie ich es in den verschiedenen Kliniken immer wieder gelernt hatte, doch es brachte mir keine Linderung.
Noch am selben Tag bekam ich einen Termin bei einer Radiologin die ungefähr fünfzig Kilometer entfernt war.
Die niederschmetternde Nachricht nach dieser Untersuchung war eindeutig: Ich hatte einen erneuten Bandscheibenvorfall und dazu kam noch die nächste Hiobsbotschaft, dass sich Narbengewebe gebildet hatte. Dieses hatte sich ausgedehnt und drückte bereits ungefähr drei Wochen nach der Operation auf die Bandscheibe. Die

48

Ärztin sagte mir, dass ich voraussichtlich den Rest meines Lebens unter diesen Schmerzen leiden müsse.

Ich wußte wirklich nicht mehr wie es weitergehen sollte. Erneut operieren lassen kam für mich in diesem Moment nicht in Frage. Und doch - was waren die Alternativen - gab es überhaupt welche? Sollte ich den Rest meines Lebens humpelnd unter Schmerzen durchs Leben ziehen? Wie würde es meine Familie aufnehmen?

Zunächst wandte ich mich an die Klinik und den Professor der mich operiert hatte. Ich wollte zunächst seine Meinung dazu hören, doch eins weiss ich heute, wenn man einen Chirurgen fragt, was er an Stelle des Patienten machen würde, kommt immer dieselbe Antwort: "Operieren"! Dies war dem entsprechend auch seine Antwort. Doch sollte es wirklich gut sein, sich innerhalb so kurzer Zeit zweimal operieren zu lassen?

Diese Frage ging mir immer wieder durch den Kopf.

Und doch wußte ich die Antwort bereits. Ich war eigentlich ziemlich sicher, dass wenn die erste Operation schon so gut verlaufen war, es bei der nächsten mit Sicherheit genau so gut laufen würde. Doch, gab es hierfür eine Garantie?

Es beherrschten mich wieder die Zweifel und doch wollte ich natürlich diese Schmerzen loswerden. Daniela veränderte sich in dieser Zeit, was ich noch nicht zuordnen konnte. Im nachhinein ging für sie wohl unsere "heile Welt" nach und nach zu Bruch. Doch außer diesen Problemen sollten noch viel größere auf uns zukommen. Und das sollte gerade mit unseren "Freunden" zusammenhängen.

Es begann eine Zeit der Veränderungen, die ich bis dahin nicht für möglich gehalten hätte. Zunächst stand aber noch meine Operation auf dem Plan. Nicht meine Frau brachte mich in die Klinik sondern ihre "Freundin" Sabiene. Sie und ihr Mann Markus waren so ziemlich die einzigen "Freunde", die uns noch in regelmäßigen Abständen besuchten. Trotzdem war ich enttäuscht, dass meine Frau kein Interesse daran hatte, mich persönlich in die Klinik zu bringen.

Nachdem ich dort angekommen war, wurde ich noch einmal eingehend untersucht. Die Stationsärztin meinte, dass sie schon lange nicht mehr einen solch zerstochenen Rücken gesehen habe.
Das kam dadurch, dass jeder Arzt meinte, mir irgendwelche Spritzen in den Rücken geben zu müssen.

Meine Operation wurde gleich für den nächsten Vormittag angesetzt. Doch wenn mir vorher irgendwer gesagt hätte, wie groß die Schmerzen nach der Operation werden würden, ich hätte mich wohl nie wieder operieren lassen. Nach dem Eingriff wurden meine Beschwerden statt besser nur noch schlimmer. Alle Therapien an denen ich teilnehmen konnte, wurden für mich zu einer einzigen Tortur.

Trotz **keinerlei** Linderung wurde ich nach nur acht Tagen entlassen. Jedoch dieses Mal als nicht-arbeitsfähig. Es wunderte mich zwar aber es gab auch keine Gespräche über eine Rehamaßnahme oder Ähnliches. Die Rückversicherung meldete sich ebenfalls über einen Monat lang nicht mehr und doch gab ich nicht auf.
Ich suchte mir zur damaligen Zeit ein Hobby mit dem ich mich ablenken konnte. Es handelte sich dabei um die Aquaristik, an die ich durch meinen "Freund" Markus gekommen war. Statt ständig an meine Schmerzen zu denken, stürzte ich mich in diese neue Beschäftigung.

Das klappte zunächst auch, doch war es leider nicht von Dauer, denn jetzt kam es Schlag auf Schlag.

Kapitel 7

Superklinik - Horrorklinik "Ein feiner Unterschied"

Das nun folgende ist fast auf den Tag genau acht Jahre her. Heute kann ich darüber ziemlich offen reden, doch damals war es fast mehr als ich verkraften konnte. Um es genauer zu beschreiben, hole ich jetzt ein wenig weiter aus.

In den kommenden zwei Monaten nach meiner letzten Operation kam es zu einigen Änderungen die eigentlich am Anfang sehr positiv wirkten.

Da ich mein ganzes Berufsleben lang selbständig war, mußte ich endlich wieder etwas tun. Seit dem Beginn meiner Krankheit waren nun mehr als eineinhalb Jahre vergangen - Zeit, in der viel Negatives passiert war insbesondere was meinen Körper und die damit einhergehenden Schmerzen durch die Operationen anging.
In der ganzen Zeit wurde meine Dosis an Schmerzmedikamenten ständig erhöht. Das Novalgin welches ich bis kurz vor der ersten OP genommen hatte, wurde nun mit Tramal gemischt um die Wirkung zu verlängern und zu verstärken. Sämtliche alltägliche Tätigkeiten konnte ich nur mit Hilfe dieser Mittel bewältigen.

Durch Markus und Sabiene lernten wir Carsten und Renate kennen. Meine Frau und Sabiene verstanden sich ähnlich gut wie Markus und ich. Mit Carsten und Markus teilte ich - zusätzlich zum Angeln - auch das Hobby der Aquaristik. Beide halfen mir damals mein Aquarium einzurichten (es handelte sich um ein 750 Liter Becken)

Eines Tages kam Markus und meinte, da wir beide ja ein solches Händchen für Aquaristik hätten, könnten wir anderen helfen Ihre Aquarien ebenfalls so schön und professionell zu gestalten. Wir hatten einen Großhändler an der Hand bei dem wir günstige Preise aushandeln konnten und so war es kein Problem auch noch etwas Gewinn für uns zu erwirtschaften. Ich gründete mit meinem damaligen Freund also eine eigene Firma.

Die ersten Aufträge verliefen reibungslos und wir freuten uns, dass alles so gut anlief. Zwar wurden meine Schmerzen nicht weniger, doch ich zwang mich dazu, mein Leben nicht von den Schmerzen kontrollieren zu lassen. Es war eigentlich eine schöne Zeit, denn dadurch dass ich mein Hobby zur Arbeit machen konnte und auch noch etwas Geld verdiente, wurde ich ausgeglichener.

Dieses, so nahm ich an, würde sich positiv auf meine Ehe und Familie auswirken. Es hätte also alles trotz meiner Beschwerden wieder in ruhigeren Bahnen verlaufen können. Aber wie es immer so schön heißt: "Man kann nicht in Frieden leben, wenn es dem lieben Nachbarn nicht gefällt" wie sich noch zeigen wird.

In den kommenden drei Monaten kamen mehrere Aufenthalte in verschiedenen Kliniken auf mich zu. Der erste wurde ungefähr vier Wochen nach meiner zweiten OP arrangiert. Man wollte mich von der Rückversicherung aus nach Bochum schicken. Dort ist eine wirklich angesehene Klinik mit fähigen Ärzten. Als ich dort eintraf, nahm man sich meiner sehr an. Bemüht darum, die Ursache für meine Schmerzen herauszufinden, nahmen die Ärzte jede erdenkliche Möglichkeit in Augenschein.

Unter anderem wurde ich auch nochmals in die "Röhre" geschoben. Fachlich richtig heisst diese Untersuchung, Magnetresonanztomographie kurz MRT.

Nachdem ich dort wieder einmal eine gefühlte halbe Ewigkeit zugebracht hatte, wurde mir schon zwanzig Minuten später die Hiobsbotschaft in Form einer Diagnose durch den Chefarzt überbracht. Dr. 11 kam in mein Zimmer und fragte, wie es mir gehen würde. Ich sagte ihm, es ginge mir den Umständen entsprechend und, dass ich es mit den Medikamenten einigermassen ertragen würde.

Darauf präsentierte er mir die Ergebnisse der MRT Aufnahmen und sagte, es täte ihm leid, doch ich hätte erneut einen Bandscheibenvorfall an derselben Stelle, die erst vier Wochen zuvor zum zweiten Mal operiert worden war. Ich war wirklich den Tränen nah, denn auch er sagte, es sei unmöglich, so schnell wieder neu zu operieren. Ferner konnte er mir auch keine medizinisch plausible Erklärung für diesen erneuten Vorfall geben, denn normalerweise entstehen erneute Bandscheibenvorfälle über oder unter bereits operierten Regionen.

Um aber an den Anwendungen teilzunehmen riet er mir, einen Rollstuhl zu benutzen, da das Klinikgelände sehr gross war. Teilweise brauchte ich zwanzig Minuten zu Fuss um von meinem Zimmer in den Bäderbereich zu gelangen. Ich nahm dieses Angebot nach langem Zögern dankend an. Man behielt mich ungefähr zwei Wochen dort um mit den Therapien und Anwendungen wenigstens etwas Linderung zu erreichen. Doch leider blieb alles ohne wesentlichen Erfolg.

Den Rollstuhl gab man mir mit nach Hause, damit ich mich auch dort wenigstens etwas schmerzfreier bewegen konnte.

Nur ungefähr drei Wochen später meldete sich erneut die Rückversicherung bei mir. Sie wollten, dass ich in eine Rehaklinik bei uns in der Nähe gehen sollte - dies sollte ein Aufenthalt werden den ich nicht so schnell vergessen würde. Es waren ja immerhin schon drei Monate seit meiner Operation vergangen und ich hatte schon gar nicht mehr damit gerechnet, dass ich überhaupt noch irgendwann mal in eine Rehamaßnahme geschickt werden sollte.

Zwar kam es mir nicht gerade gelegen, doch ich dachte, dass man mir vielleicht dort ein wenig helfen könnte. Und tatsächlich wurde ich dort richtig hart ran genommen. Muskelaufbau stand fast jeden Morgen auf dem Plan und danach zur Entspannung Bewegungsbäder.

Mein Anwendungsplan war so eng gelegt, dass ich teilweise bis zu acht Anwendungen pro Tag hatte. Dazu zählte unter anderem Krankengymnastik, sowohl in der Gruppe, als auch in Einzelstunden.

Bei einer dieser Stunden wurde ich an zwei Seilen am Oberkörper aufgehängt um die Wirbelsäule zu entlasten. Nach ungefähr drei Minuten spürte ich, dass ich langsam kein Gefühl mehr in meinem linken Bein hatte. Kurze Zeit darauf war mein Bein völlig taub. Natürlich durfte ich diese Gymnastikübung daraufhin nicht weiter praktizieren. Zwar hielt ich derartige Strapazen nur durch eine enorme Erhöhung meiner Schmerztropfen aus, aber ich fühlte mich nichts desto trotz recht gut dabei.

Eine Woche bevor ich entlassen werden sollte, holte mich der Chefarzt zu sich. Was ich nicht wußte war, dass diese Kliniken eine gewisse Erfolgsquote bringen müssen, was eben bedeutet, dass man nach Abschluß der Reha bei ihnen als "wieder arbeitsfähig" entlassen wird.

(Anmerkung des Autors: Ein solcher Aufenthalt wurde von meiner Versicherung das letzte Mal im Jahr 2003 veranlasst).

Er erklärte mir: "Herr Jakob, wenn Sie nicht langsam aufhören immer wieder über Ihre Schmerzen zu sprechen, werden Sie bald ein Fall für das Sozialamt." Er wollte mir also unbedingt nahelegen, mich nicht mehr "so anzustellen", sondern gefälligst still zu leiden, um mich als wieder arbeitsfähig - sozusagen "geheilt" entlassen zu können.
Einige meiner Leidensgenossen sagten trotz massivster Beschwerden nach ungefähr drei bis vier Wochen - die sie einem enormen psychischen Druck ausgesetzt waren - sie seien geheilt und wieder arbeitsfähig, nur damit sie endlich heim konnten und ihre vermeintliche Ruhe hatten.

Ein deutliches Beispiel dafür, dass nicht in erster Linie das Patienteninteresse gewahrt wird, sondern eher diverse Fremdinteressen, zumeist finanzieller Art.

Da wir Telefonnummern austauschten, erfuhr ich ungefähr nach weiteren drei Wochen, dass ein Patient aus Köln zwar als wieder arbeitsfähig entlassen wurde, aber aufgrund seiner andauernden Leiden nach zwei Wochen die er gearbeitet hatte, mit Querschnittlähmung im Krankenhaus lag. Er hatte bereits in der Klinik immer wieder über massive Schmerzen in der Halswirbelsäule geklagt und dennoch wollte er lieber wieder arbeiten gehen, als sich weiterhin diesem Psychoterror auszusetzen. Er arbeitete im Straßenbau was mit Sicherheit keine leichte Arbeit ist.

Nun aber wieder zu mir: Ich bekam in dieser Zeit wenig Besuch von meiner Frau Daniela, was mich sehr enttäuschte. Abends wenn ich anrief, war sie entweder nicht da oder sie war recht kurz angebunden.

Meine Schmerzen wurden durch die Belastungen immer schlimmer und trotzdem fühlte ich mich wirklich gut durchtrainiert. Aber jetzt kamen noch dazu die seelischen Belastungen, die daher rührten, dass ich nicht wußte was mit meiner Frau los war.

Die drei Wochen in dieser Klinik waren für meine Psyche eine Achterbahnfahrt aber ich überstand sie. Einen Tag bevor ich entlassen werden sollte, schickte man mich abschließend zu einer Psychologin. An diesem Tag hatte ich eigentlich keine Lust mehr auf irgend etwas, da ich diese Wochen nur ganz schnell abhaken wollte. Zwei meiner Leidensgenossen begleiteten mich zum Mittagessen in die Innenstadt, da die Psychologin dort ihre Praxis hatte. Wir kehrten bei einem Griechen ein, dessen Lokal direkt neben der Praxis lag. Ich weiß noch, dass ich damals Gyros mit extra viel Knoblauchsoße bestellte und dazu tranken wir ein Bier.

Jetzt mag man sich fragen, "Warum schreibt er uns was er gegessen und getrunken hat?" Berechtigte Frage - doch wenn man liest, was mir als nächstes passierte, wird man verstehen warum ich das erwähne. Ich ging also zum vereinbarten Termin und wurde auch sofort aufgerufen.

Schon beim Eintreten muß sie scheinbar gerochen haben, dass ich Bier getrunken hatte. Und das war natürlich der Aufhänger für das ganze Gespräch. Nach ungefähr einer Stunde voller "Bombardierungen" mit Vorwürfen, die sich auf das Rauchen und das Trinken bezogen, gab sie mir zwei Broschüren mit, welche ich

lesen und beherzigen sollte. Der eine Titel lautete "Ohne Rauch geht`s auch" und der andere "Lustig auch ohne Alkohol".
(*Kann ich jedem empfehlen, der mal herzhaft lachen möchte*)

Am Abend rief ich meine Frau an und erzählte ihr, wie das Gespräch gelaufen war. Nach dem ich ihr alles berichtet hatte, sagte sie nur lapidar: "Du wolltest es ja nicht anders". Ich erkannte sie überhaupt nicht wieder, muß aber dazu sagen, dass ich das Gefühl hatte, sie sei nicht allein daheim.Aber den ultimativen Schock bekam ich, als ich den Entlassungsbericht der Klinik überflog. In diesem wurde ich nun nicht mehr als Simulant, dafür aber als Alkoholiker abgestempelt.

Mit diesem Ärger in den Knochen wurde ich gegen Mittag von Daniela abgeholt. Meine Sachen hatte ich bereits einen Abend zuvor gepackt und so waren wir innerhalb von fünf Minuten aus dieser Klinik raus.

Die Erkenntnis die ich aus dieser Klinik mitnahm war, dass ich sofort einen Anwalt einschalten würde. Ich hatte mir viel zu viel gefallen lassen und musste endlich Unterstützung von einem Fachanwalt bekommen.

Kapitel 8

Meine Ehe zerbrach

Wieder daheim versuchte ich erst einmal alles Erlebte zu verarbeiten, was mir leider nicht so recht gelang. Außerdem belastete mich das Gefühl, dass bei uns zuhause etwas nicht stimmte, allerdings konnte ich nicht sagen, was es war.

Ich war froh wieder bei meiner Familie, insbesondere bei meiner Tochter zu sein, denn ob man es wollte oder nicht, unsere Kinder, vor allem die Kleine, litten am meisten während der Zeit die ich in Kliniken zubringen mußte.Doch meine Frau hatte sich verändert. Sie wurde immer abweisender mir gegenüber was ich nicht zuordnen konnte. Jede Form von Liebe schien erloschen und wandelte sich anscheinend sogar Hass.

Eine Woche die wirklich zur Hölle wurde schien nicht enden zu wollen. Wann immer wir etwas mit den Kindern unternahmen, kamen irgendwelche dubiosen SMS auf ihr Handy und wenn ich nachfragte, hiess es immer nur, es sei eine Freundin aus ihrer Mutter-Kind-Kur die ihr schrieb.

Jeden Abend wurde heftig diskutiert, wobei ich mit Vorwürfen überhäuft wurde. Im Laufe dieser Woche schliefen wir fast immer getrennt - Daniela in unserem Ehebett, natürlich nicht ohne ihr Handy - und ich im Erdgeschoß auf der Couch im Wohnzimmer.

Am liebsten war ich mit meiner Tochter zusammen und sorgte dafür, dass ich viel am See zum Angeln war. Unter anderem auch an dem Wochenende an dem sich alles für mich ändern sollte.

Es waren drei Tage, in denen ich kaum etwas von Daniela hörte. Bei mir waren Markus und Carsten die mich bei diesem Angelausflug begleiteten. So ganz aufgeben wollte ich bei meiner Frau noch nicht und darum schrieb ich unzählige SMS an Daniela, mit denen ich versuchte zu erfahren, was in ihr vorging. Doch nur auf einen Bruchteil meiner Nachrichten bekam ich Antwort. Es schien beinahe, als wolle sie nichts mehr mit mir zu tun haben.

Waren all die Zweifel die gesät worden waren doch erfolgreich? Hatte sie vielleicht jemand anderen gefunden? Ich war in Gedanken total zerrissen und konnte nicht aufhören, mir den Kopf zu zerbrechen.Markus, Carsten und ich begannen mit unserem Angelwochenende am Freitag und es ließ sich auch alles ganz toll an.

Am See mit unseren Autos angekommen trug Carsten mir sogar die Angeln und meinte: "Solange Du noch solche Schmerzen im Rücken hast, ist es doch selbstverständlich, dass ich Dir helfe."
Wir setzten mit unserem Boot an eine abgelegene Stelle über die in Anglerkreisen "Unter der alten Eiche" genannt wird. Dort bauten wir unsere Campingzelte auf. Der Grill wurde als erstes angeschmissen und die ersten Dosen Bier öffneten wir auch.

Nachdem wir alle unsere Angeln bereit gemacht hatten, schrieb ich Daniela wieder mal einen kurzen Lagebericht. Es kam leider keine Antwort. Von diesen "Nichtantworten" hatte ich an diesem Tage noch ungefähr zwanzig weitere, sprich - fast alle meiner Nachrichten blieben unbeantwortet.
Am Abend rief ich zuhause an und wollte eigentlich nur gute Nacht sagen und da spürte ich wieder diese Eiseskälte in Danielas Stimme. Kein Interesse an irgend etwas von dem ich ihr erzählte.

Was mich damals wunderte war, dass Carstens Handy in einem fort klingelte. Er bekam angeblich eine SMS nach der anderen von seiner Frau Renate - deren Liebe schien ja ein Hoch zu erleben, wie ich dachte........

Merkwürdigerweise wollte er sogar, dass ich ihr auch mal schreiben sollte, was ich natürlich nicht tat.

Wie ich später erfuhr, war ausgerechnet Carsten derjenige, der fast die Ehe eines anderen Kollegen auseinander gebracht hatte. Carsten und seine Frau hatten sich damals nämlich getrennt weil sie einen anderen hatte. Carsten war zu diesem Zeitpunkt arbeitslos und konnte sich so um seine vier Kinder kümmern. Doch als seine Frau ihm dann ihren neuen Lover präsentierte, quartierte er sich für einige Wochen bei Martin und Heidi ein. Als Martin arbeiten war hatte Carsten sich an Heidi heran gemacht, worauf sie nicht eingegangen ist. Soviel an dieser Stelle zur Freundschaft.

Nun wieder zu besagtem Wochenende: Der Samstag kam und mit ihm erneut die Frage danach, ob meine Frau mich betrog. Ich erwachte morgens um fünf Uhr und was mich wunderte war, dass Carsten mit dem Boot schon weggefahren war. Wir hatten seit Mitternacht kein Gas mehr, doch ich wußte, dass ich noch welches für unseren Grill zuhause hatte.

Ich hatte aber bereits am Vorabend gesagt, dass ich es holen würde. Trotzdem machte ich mir noch keine Gedanken, denn für mich war immer klar, dass wir uns unter Freunden niemals die Frauen ausspannen würden. Nach ungefähr zwei Stunden kehrte Carsten mit dem Gas und meinem Stiefsohn zurück. Also war er doch bei mir zuhause gewesen und das zu einer Uhrzeit zu der meine Frau eigentlich noch schlafen würde. Trotzdem dachte ich mir immer noch nichts dabei.

Daniel, mein Stiefsohn und ich, setzten uns etwas abseit von den anderen beiden hin, denn ich wollte nun wissen, was es zuhause gegeben hatte. Doch leider konnte er mir nicht groß weiterhelfen. Er war bei Zeiten ins Bett gegangen und wurde früh wach gemacht, als Carsten plötzlich bei uns war um ihn, wie er sagte, abzuholen. Zwar merkte er, dass irgend etwas nicht stimmte, aber er konnte mir auch nicht erklären, warum sich seine Mutter mir gegenüber so kalt verhielt.

Was ich nicht ahnte war, dass sich Daniel in den nächsten Monaten voll für mich einsetzen sollte.
Am Samstag Abend erhielt ich von Daniela eine SMS in der sie mir mitteilte, dass sie am nächsten Tag in einer benachbarten Stadt als Modell für Fingermaniküre teilnehmen wollte. Sabiene, die zu diesem Zeitpunkt dort in einem Nagelstudio arbeitete, wollte sie gerne mitnehmen, da dort Stadtfest war.

Daniela sollte sich vor Publikum künstliche Fingernägel aufsetzen lassen. Natürlich hatte ich nichts dagegen, warum auch. War ich doch am See und ging auch meinen Interessen nach. Kurz nach dieser Info brachen wir auf zu einem anderen Angelplatz, da wir unter der alten Eiche keinen Erfolg beim Angeln hatten.

An der neuen Stelle angekommen, klingelte mein Handy und Daniela war persönlich dran. Sie sagte mir: "Ich bin auf dem Weg zu euch an den See - soll ich noch etwas mitbringen?" Da ich den Lautsprecher anhatte rief Markus gleich: "Klar - ne Flasche Whiskey!"
Wir hatten alle ganz gut getrunken, doch was ich nicht wusste, war, dass meine "guten Freunde" Daniela geschrieben hatten, i c h hätte ihnen alles weggetrunken. Davon wollte sie sich scheinbar selbst überzeugen. Ich glaube ich hätte tun und machen können was ich wollte, zu diesem Zeitpunkt war Daniela schon so gegen mich aufgehetzt, dass alles was ich tat sie nur noch mehr darin bestätigte, wie schlecht ich sei.

Nun sei es, wie es will, sie kam und brachte wunschgemäß noch etwas zu trinken mit, sah mich und schüttelte nur den Kopf obwohl keiner von uns nüchtern war und ich schon allein wegen Daniel weniger als die anderen getrunken hatte. Was mir da schon langsam auffiel waren die Blicke zwischen Carsten und Daniela, welche irgendwie verschwörerisch auf mich wirkten, so dass ich mich ausgeschlossen fühlte.Nachdem Daniela wieder gefahren war, kehrte allmählich Ruhe ein.

Der See lag spiegelglatt vor uns und langsam kamen die ersten Fledermäuse heraus. Die Nacht wurde kalt und gegen vier Uhr erwachten Daniel und ich. Denn im Gegensatz zu Carsten und Markus, welche in Carstens Bully übernachteten, schliefen Daniel und ich auf Liegen unter einem überdimensionalen Regenschirm.

In der Mitte von uns war zwar der Grill, doch der war um diese Uhrzeit schon heruntergebrannt. Also machten wir zunächst den Grill wieder an, doch bis der richtige Wärme abgegeben hätte dauerte es uns zu lange. Also liefen wir zu meinem Auto um uns dort wenigstens etwas aufzuwärmen. Nach ungefähr dreißig Minuten fühlten wir uns ein wenig besser und legten uns noch etwas hin. Der Grill war inzwischen heiß und so konnten wir gewärmt einschlafen.

So gegen sechs Uhr dreißig wurden wir dann endgültig wach.Nach einem ausgiebigen Frühstück packten Daniel und ich ein und fuhren heim. Ich wußte ja, dass Daniela nicht da sein konnte und so ließen wir uns auf dem Rückweg noch etwas Zeit um in einem kleinen Imbiss etwas zu essen.
Daheim angekommen, begannen wir unsere Sachen auszupacken und uns zu duschen. Der Abend der vor mir lag sollte mein Leben um hundertachtzig Grad auf den Kopf stellen.

Daniel und ich waren froh wieder zuhause zu sein, denn so konnten wir den wunderschönen Frühlingstag genießen. Die Sonne schien und es waren ganz bestimmt um die fünfundzwanzig Grad im

Schatten. Den Nachmittag verbrachten wir gemeinsam im Garten. Unser Gartenteich, den wir einige Wochen zuvor angelegt hatten, ließ ein beruhigendes Plätschern hören und so entspannten wir gemeinsam bei einem Eis.

Gegen Abend, es war so gegen zwanzig Uhr, kam Daniela heim. Trotz ihrer kalten Haltung mir gegenüber erzählte sie, dass es ein sehr stressiger Tag gewesen sei. Nachdem sie unsere Kleine ins Bett gebracht hatte und auch Daniel total erschöpft ins Bett gefallen war, ging Daniela in die Küche. Ich faßte mir nun allen Mut und ging zu ihr.

Ich wollte endlich wissen, woran ich war und bombardierte sie solange mit Fragen bis es endlich aus ihr herausbrach: "Ja ich habe einen anderen Mann kennengelernt....."

Diese Worte töteten alle Gefühle in mir.

Noch zwei Wochen zuvor hatte ich in der Reha Klinik erzählt, dass ich so froh sei eine starke Familie zu haben, die immer hinter mir steht und nun das! Ich rannte nach oben in unser Schlafzimmer und packte eine Tasche mit dem Nötigsten zusammen. Daniela versuchte nicht mal, mich aufzuhalten sondern telefonierte gleich mit Sabiene.

Ich glaube, als ich das Haus verliess habe ich die Tür ziemlich laut zugeschlagen. Ich setzte mich ins Auto und fuhr los. Ich wollte einfach nur weg, weg von dieser Frau, die mein Vertrauen so missbraucht hatte, weg von all den Lügen.

Es dauerte jedoch nicht lange, da rief Daniel mich über Handy an. Er weinte bitterliche Tränen und bat mich zurück zu kommen. Aber ich verneinte dies und fuhr weiter, denn er verstand ja noch gar nicht warum und in welcher Situation sich unsere Familie befand.

Es war mittlerweile später Abend geworden und ich hatte keine Ahnung wo es hingehen würde. "Erst einmal auf die Autobahn und dann sehe ich mal weiter", dachte ich bei mir. Doch nachdem ich viele Tränen vergossen hatte kamen mir wieder die Gedanken an meine Tochter - nein, sie wollte ich nicht alleine lassen.

In dieser Nacht gingen mir viele Gedanken durch den Kopf, die wirklich wirr waren, aber die wohl jeder, der schon einmal betrogen worden ist, so oder ähnlich mit Sicherheit auch schon durchdacht hat. Ich entschloss mich, erst einmal zu meiner Schwester zu fahren. Doch bevor ich dies tat, hob ich soviel Geld wie eben möglich ab. Ich wollte nicht weiter den Zahlmeister für den Lover meiner Frau spielen.

In den darauffolgenden Tagen wurde ich mit SMS Nachrichten meiner Frau förmlich zugeschüttet. Aber nicht etwa weil sie mich zurückhaben wollte, sondern weil ich ihr alles hatte sperren lassen was eben ging. Kreditkarten, Kontozugriff, ja sogar ihr Handy ließ ich sperren. Es war eine Kurzschlußreaktion und doch war ich mir bewusst, wie ich ihr am meisten schaden konnte.

Am vierten Tag wollte sie unbedingt mit mir sprechen um die "Sache", wie sie es nannte "klar zu stellen"!

Ich fuhr also früh morgens zu ihr und wir setzten uns in die Küche unseres Hauses. Sie erklärte mir, dass sie diesen Typen in einem Kaffee kennengelernt hätte und er nur zu Besuch bei seiner Tante gewesen war. Er sei aus Hamburg gekommen und wäre schon wieder weg. Diese Affäre sei schon längst beendet und sie wolle, dass ich wieder zu ihnen zurück käme. Obwohl sie sich weder entschuldigte, noch mir eine verständliche Erklärung für ihr Fremdgehen gab, wollte ich darüber nachdenken.

Da ich damals schon mehr als alles andere an meiner Tochter hing, willigte ich nach einer Überlegungszeit von weiteren zwei Tagen ein - auch wenn ich mich nicht gut dabei fühlte.
Mein Vertrauen war zwar auf dem Nullpunkt, aber da ich ihr ja glaubte, es sei ein fremder Mann gewesen, beantragte ich lediglich eine Änderung ihrer Handynummer und dachte, damit sei das Thema durch.

Sie versicherte mir auch, dass sie unter keinen Umständen noch einmal solch einen "Bock" schiessen würde - naja - wenigstens etwas.Nur ungefähr eine Woche verging und ich war langsam etwas beruhigt, und alles schien wie ein Alptraum gewesen zu sein.

Markus und Carsten wollten mich mal auf andere Gedanken bringen und luden mich zu einem Angelausflug an die Weser ein, der in der darauffolgenden Woche stattfinden sollte.

Da Daniela nur ein älteres Handy besaß, kaufte ich ihr ein neues mit dem sie auch Bilder empfangen und senden konnte. An diesem Tag schickten wir dann die auf dem Handy gespeicherten Bilder an Sabiene, die daraufhin zurück schrieb, von wem Daniela denn diese tollen Bilder bekommen hätte.

Sabiene wusste ja nicht, dass **ich** von Danielas Handy schrieb. Ich antwortete mit einem Spruch, den ich bis heute nicht vergessen habe. Er lautete: "Die habe ich von dem Menschen den ich über alles liebe, von meinem Mann Mario." Die darauf folgende SMS von Barbara werde ich ebenso wenig vergessen können, wie alles weitere was ab da passierte, denn es kam zurück:

"Wie, nicht mehr Carsten??? Wie kommt s??"

Das war also der Fremde aus Hamburg!?! Ein "Freund" von mir. Ab da war mir alles klar. Die Blicke der beiden, die Zeit in der Reha, in der Carsten bei Markus und Sabiene zu Besuch war. Also waren auch sie mit eingeweiht und hatten die ganze Zeit gute Miene zum bösen Spiel gemacht.

Mit dieser neuen Erkenntnis konfrontierte ich Daniela, die eine Stunde später vom Einkaufen zurückkehrte natürlich sofort und sie konnte nichts anderes machen als die Flucht ergreifen.

Kapitel 9

Wie soll es weitergehen?

Daniela schnappte sich unsere Tochter und verschwand so schnell sie konnte mit dem Auto.

Von diesem Zeitpunkt an waren sämtliche Lügen offenkundig und ich versuchte dieses Netz aus "Spinnenweben der Lüge" zu entwirren. Nach vielen Telefonaten war ich um einiges schlauer. Ich wurde bereits seit mehreren Monaten betrogen und hatte durch meine ständigen Aufenthalte in Krankenhäusern nichts davon bemerkt. Ja - selbst Markus und Sabiene steckten mit Daniela unter einer Decke.

Um Daniela die Möglichkeit zu geben, sich mit Carsten zu treffen, hatten sie für diese "Liebestreffen" sogar unsere Kinder zu sich genommen. Alles Dinge von denen ich nichts ahnte.Ich kündigte den Mietvertrag unseres Hauses noch am selben Tag.

Als Daniela gegen Abend wiederkam, wollte sie erneut mit mir sprechen. Dieses Gespräch verlief wie alle anderen in der Vergangenheit: Daniela versuchte sich weiterhin mit Lügen herauszureden und gab nur das zu, was ich ihr ohnehin zweifelsfrei beweisen konnte. Ich hatte keine Energie mehr und da mir mein Kreuz sehr zu schaffen machte, zog ich mich müde und erschöpft zurück.

Meine Beschwerden im Rücken wurden enorm groß da ich bereits seit einigen Tagen auf einer Matratze neben Daniel schlief. Am nächsten Morgen sagte ich Daniela, dass sie sich eine andere Wohnung suchen solle und sie begann mich erneut mit Vorwürfen zu überhäufen. Ich war an allem Schuld und hatte sie geradezu in die Arme von Carsten getrieben. Sie machte es sich damit natürlich sehr einfach und sah nicht ein, dass **SIE** einen Fehler gemacht hatte.

Sie ging sogar so weit, mich zu fragen, ob Carsten am nächsten Wochenende bei uns schlafen könne. Die Dreistigkeiten ihrerseits nahmen inzwischen überhand! Stundenlange Gespräche mit ihrem neuen Freund, den sie nur über Handy erreichte, trieben meine Telefonrechnungen ins Unermeßliche. Als Krönung setzte sie unseren Wagen vor ein Verkehrsschild, weil sie ihm sogar während der Fahrt eine SMS schreiben mußte.

Als ich dann noch bemerkte, dass sie auf meine Tankkarte Carstens Auto befüllt hatte war das Maß voll - diese Frau war eine Fremde geworden, die keinerlei Anstand, Moral oder Ehrlichkeit zu besitzen schien.

Was mich wunderte, war das Verhalten von Daniel. Er wollte nicht zu seiner Mutter ziehen sondern wollte lieber bei mir bleiben. Heute glaube ich, er hat das alles nur als ein aufregendes Spiel betrachtet - er bekam eine Wichtigkeit, die er in vollen Zügen genoß. Daniela setzte ein Schriftstück auf, in dem sie mir die Erlaubnis erteilte, Daniel zu mir zu nehmen. Wir beide begaben uns kurz darauf auf die Suche nach einer neuen Bleibe. Diese fanden wir auch ziemlich schnell.

Daniela war für knappe zwei Wochen zu Sabiene und Markus gezogen und hatte "natürlich" ohne zu Fragen unsere Tochter mitgenommen. Trotz einer Abmachung, die wir lange vor dieser Zeit getroffen hatten und in der wir uns darauf geeinigt hatten, dass derjenige der fremdgeht die Kinder verlieren würde.

Leider hielt sich Daniela nicht daran!

Genau in dieser Zeit des Umbruchs meldete sich die Rückversicherung in Person von Herrn Y bei mir. Dieser sollte angeblich ein Spezialist in Bezug auf die Bekämpfung von Alkoholproblemen sein. Doch nach wie vor verhielt es sich so, dass ich nicht übermäßig trank. Insbesondere deswegen schon nicht, weil ich meine Verantwortung gegenüber der Kinder sah und nicht wollte, dass sie ein schlechtes Vorbild vorgelebt bekamen.

Dies interessierte jedoch nicht den Herrn von der Rückversicherung, denn er bestand auf einem Gespräch mit meinem damaligen Hausarzt. Dieses Gespräch werde ich ebenfalls nie vergessen, denn mein Arzt machte Herrn Y Dampf unter dem Hintern.

Dr. 12 war ein alt eingesessener Allgemeinmediziner, der ihm klipp und klar sagte, dass meine Leberwerte weit unter denen eines Alkoholikers liegen würden. Er führte weiter aus, dass er "solche Versicherer kennen würde". Sie wären bekannt dafür Leistungen stets kürzen oder ganz einstellen zu wollen. Von diesem Zeitpunkt an hörte ich kein Sterbenswörtchen mehr von der Rückversicherung.

Vorbei all die schönen Versprechungen - sie würden mich wieder rehabilitieren wollen, mir neue Perspektiven geben, damit ich wieder in das Berufsleben einsteigen kann.

Kein Wort mehr über bereits avisierte Spezialsitze für mein Auto oder gar ein Krankenbett. Keinerlei finanzielle Ausgleiche trotz meiner damaligen Situation, welche ein Trümmerhaufen war.

Nicht nur privat und gesundheitlich sondern auch finanziell war ich am Ende. Eine Pfändung jagte die nächste und ich konnte kaum meine Miete bezahlen. Alles schien für mich zu Ende zu sein. Aber ich war nie ein Mensch der den Kopf in den Sand steckt. Also stellte ich mich auf die Hinterbeine und versuchte mit all meiner Kraft das Bestmögliche aus der Situation zu machen.

Daniel war mir in vielen Bereichen eine echte Hilfe. Doch auch seine Nerven lagen blank. Seine Mutter hatte nun die zweite Ehe ruiniert und er wollte wohl auf keinen Fall seinen "Vater" verlieren. In diesen zwei Wochen in denen Daniela bei unseren "Freunden" lebte, kam sie zwischendurch immer nur vorbei um sich bei mir Geld abzuholen. Daniels Enttäuschung wurde nur noch von der Angst vor seiner Mutter übertroffen. Jedesmal wenn sie kam rannte er, sobald er ihren Wagen sah, durch unseren Garten in den nahe gelegenen Wald und kam erst wieder, wenn er sich sicher war, dass sie wieder weggefahren war.

Als sie kurz vor Daniels und meinem Auszug noch einmal kam, hatte sie meine Tochter auf dem Arm. Ich wollte die Kleine zu mir nehmen aber sie ließ es nicht zu, sondern schrie mich vor den Kindern an und so begannen sowohl Bianca als auch Daniel zu weinen.

Das Einzige was meine Frau über die Lippen brachte war: "Wenn ich bis morgen keine achthundert Mark von Dir bekomme gehe ich zum Anwalt". Mit dem Ausräumen des Hauses wurde ich allein gelassen. Allein der Sperrmüll den ich zu entsorgen hatte, machte drei Autoladungen aus. Es waren viele Fahrten die ich mit großer Anstrengung hinter mich brachte, was meinem Rücken natürlich keineswegs gut tat.

Langsam wurde alles ziemlich unschön und ich merkte, dass Daniela keinerlei Gefühle für mich zu haben schien. Sie hatte nach wie vor das Verhältnis zu Carsten aufrecht erhalten, was ich durch einige Bekannte, die im selben Ort wie "unsere besten Freunde" lebten, erfuhr. Also war es endgültig aus und Daniel und ich packten unsere Sachen und zogen ungefähr vierzig Kilometer weit weg. Ich möchte betonen, dass wir gutmütiger Weise nur Daniels Bett und Teile vom Wohnzimmer mitnahmen. Den Rest ließ ich meiner Frau.

Bei diesem Umzug war ich auf viel Hilfe angewiesen, denn wie man sich vorstellen kann, konnte ich nicht schwer heben. Zum Glück halfen einige langjährige Freunde, obwohl ich zu ihnen in der Zeit meiner Ehe zu wenig Kontakt gehalten hatte. Auch meine Mutter und meine Schwester gingen mir zur Hand. Trotz allem habe ich damals gemerkt, dass meine Schmerzen durch psychischen Druck noch schlimmer wurden und so versuchte ich möglichst wenig über meine Situation nachzudenken.

Doch je länger Daniel und ich zusammen lebten, desto mehr kamen Tatsachen ans Licht an denen ich merkte, wie viele Leute aus unserem Bekanntenkreis von dem Verhältnis meiner Frau gewußt hatten. Ich kam mir vor, wie in einem schlechten Drama und doch war alles die grausame Realität.

Viele Stunden verbrachten wir zwei, Daniel und ich, am See, denn auch für ihn war die Situation nicht einfach. Seine Mutter hatte sich, wie es der Teufel so wollte, im selben Ort eine Wohnung gesucht, wie wir und so mussten wir jeden Tag direkt an ihrer Haustür vorbeifahren.

Kapitel 10

Ein Neubeginn der Kinder wegen?

Wir hatten uns wirklich prima eingelebt. Daniel unterstützte mich viel bei der Hausarbeit. Es war wirklich toll, denn er lernte auch sehr schnell neue Freunde im Ort kennen, die dann auch häufig bei uns zum Essen waren. Einige von ihnen angelten auch sehr gerne und so fuhren hin und wieder vier seiner Freunde mit uns an den See.

Eines Tages als ich Daniel bei seiner Mutter absetzte wollte diese ganz dringend mit mir sprechen. Ich dachte es sei irgend etwas mit Bianca doch sie wollte über "uns" sprechen.

"Verzeih mir bitte meine Fehler, ich weiss erst jetzt, was ich an Dir hatte", waren einige der Sätze, die während ihres Vortrages fielen.

Ich wollte jedoch nichts davon hören, denn obwohl sie schöne Worte von sich gab, konnte ich ihr einfach nicht mehr glauben.
Sie war in dieser Zeit sehr hartnäckig und bekniete mich immer und immer wieder.

Heute weiß ich, dass lediglich die Beziehung zwischen Daniela und Carsten gescheitert war und Daniela in mir wieder den sichereren Geldgeber sah. Nach ungefähr zwei Monaten hatte sie mich doch so weit. Es war der Geburtstag von Bianca an dem wir uns wieder versöhnten. Nach langen Gesprächen wollte ich wirklich versuchen, ihr alles zu verzeihen und auch der Kinder wegen wieder einen gemeinsamen Weg zu beschreiten.

Es lief am Anfang ziemlich gut. Auch wenn ich bei jeder SMS die sie bekam skeptisch war, ob es sich wirklich um den Schreiber handelte den sie mir nannte. Die Kinder waren überglücklich und konnten die gemeinsame Zeit in vollen Zügen genießen.

Nach ungefähr drei Wochen die wir wieder zusammen wohnten, beschlossen wir in den Jahresurlaub zu fahren - wieder mal investierte ich auch finanziell in diese Beziehung. Es sollte nach Spanien gehen, wo wir uns mit einigen Bekannten treffen wollten die schon vorgefahren waren. Wir waren bereits seit sechs Stunden unterwegs und befanden uns kurz vor Karlsruhe.

Die Kinder schliefen angeschnallt auf der Rückbank als wir plötzlich einen enormen Aufprall spürten.Ein Funken sprühendes Auto rutschte an uns vorbei. In diesem saßen zwei Personen (wie sich später heraus stellte waren beide stark alkoholisiert) die unser Auto gerammt hatten.Durch den Aufprall bei einer Geschwindigkeit von hundertzwanzig Kilometer pro Stunde hatte sich der gesamte Rahmen der Karosserie unseres Wagens verzogen. Die Heckscheibe war kurz vorm zerplatzen, wie uns der Gutachter später bestätigte und ich weiß noch, dass ich dem Fahrer sagte: "Sei bloß froh, dass unseren Kindern nichts schlimmes passiert ist, ich hätte sonst nicht gewußt, was ich mit euch machen würde."

Mitten in der Nacht wurde uns angeraten ins nahe gelegene Krankenhaus zu fahren, da mein Arm ganz taub wurde. Dort wurde jedoch nur ein einfaches Röntgenbild angefertigt auf dem nichts weiter erkannt wurde. Leider - wie allerdings erst später diagnostiziert wurde - hatte ich mir bei diesem Unfall den nächsten Bandscheibenvorfall im Halswirbelsäulenbereich zugezogen. Wir setzten aber in dieser Nacht erst einmal mit einem Leihwagen die Reise fort und genossen zwei wunderschöne Wochen in Spanien.

Für die Kinder war das Meer eine willkommene Abwechslung und meinem Hobby, dem Angeln konnte ich dort an den verschiedenen Seen und Flüssen jederzeit nachgehen. Das Wetter meinte es ebenfalls gut mit uns, denn wir hatten ungefähr dreissig Grad im Schatten und das wirklich jeden Tag.

Die Erholung nach dem ganzen Stress der hinter uns lag, war wirklich nötig. Auch mein Rücken bestätigte mir, dass Ruhe und Frieden viel dazu beitrugen, dass die Schmerzen im erträglichen Maß blieben. Alles was wir erlebten, war völlig neu, und Daniela hatte sich zu einer Frau entwickelt, die ich nicht wiedererkannte.

Es war fast so, als sei ich die vergangenen Jahre mit einem anderen Menschen verheiratet gewesen. Sie war auf einmal aufmerksam und rücksichtsvoll. All das, was sie eben in den vergangenen Monaten nicht gewesen war.

Trotz all ihrer Bemühungen merkte ich aber schon bald, dass es für mich schwer war, dieser Frau wieder zu glauben. Das Vertrauen war erloschen und von der Liebe war kaum noch etwas übrig. Wahrscheinlich wollte ich nur nicht wahr haben, dass der Bruch zwischen uns zu gross und somit irreparabel war.

Wann immer sie mich berührte fragte ich mich: "Hat sie ihn ebenso angefasst?, Warum kann ich mich jetzt auf einmal mit ihr unterhalten?" Wie man sieht gab es zwar auch schöne Momente in dieser Zeit, doch meine Bedenken überwogen - ich hatte stets einen kleinen Alarmknopf in meinem Kopf in Betrieb.

Nach unserem Urlaub war ich zwar entspannter doch meine Beschwerden wurden wieder schlimmer. Ich musste mich regelmässig in ärztliche Behandlung begeben und war dadurch selten bei meiner Familie. Dazu kam das ständige Misstrauen meinerseits, welches immer grösser wurde.

Einige Wochen später bekamen wir Besuch von einer alten Freundin Danielas. Sie hatte sich gemeldet und wollte Daniela nach vielen Jahren mal wiedersehen. Es handelte sich dabei um Cornelia, eine Frau anfang dreissig mit drei Kindern, alles Mädchen. Allerdings erfuhr ich durch Daniela, dass alle Kinder einen anderen Erzeuger hatten.

Nachdem Cornelia den Kontakt zu meiner Frau durch regelmäßige Telefonate wieder aufgenommen hatte, quartierte sie sich ein komplettes Wochenende bei uns ein.

Sie wusste sowohl von meiner Krankheit, als auch von den Problemen, die Daniela und ich in dieser Zeit hatten, da meine Frau ihr davon am Telefon berichtet hatte. Cornelia lebte selbst auch in einer zerrütteten Beziehung, die kurz vor dem "Aus" stand. Sie wurde das gesamte Wochenende das sie bei uns verbrachte von ihrem Freund mit SMS Nachrichten bombardiert und hatte anscheinend keine rechte Lust mehr an dieser Beziehung festzuhalten.

Trotz ihrer eigenen Probleme fand sie die Zeit und Gelegenheit, sich auch noch meine Probleme mit Daniela anzuhören. Ich konnte ihr komischerweise alles Mögliche erzählen, denn sie gab mir das Gefühl wichtig zu sein und, dass es sie wirklich interessierte was ich ihr zu erzählen hatte.

Nun kam aber auch noch hinzu, dass sie Daniela von früher her kannte. Sie erzählte mir, dass es in ihrer ersten Ehe ebenso abgelaufen sei. Auch da war Daniela untreu und ließ ihren Ex-Mann im Stich. Situationen, die mir Cornelia beschrieb kamen mir sehr bekannt vor, denn ebenso übel hatte sie mir ja auch mitgespielt.
Am letzten Tag ihres Besuches fuhren wir alle gemeinsam Schlittschuhlaufen. Es war Mitte September und in einem unserer Nachbarorte war eine ganzjährig geöffnete Eisbahn.Die Kinder hatten einen Riesenspass und wir Erwachsenen konnten uns mal in aller Ruhe bei einer Tasse Kaffee unterhalten.

Daniela war wieder wie ausgewechselt, denn sie war mit vollem Eifer bei der Sache und trug wirklich zu der Unterhaltung bei. Etwas, was sie bis zu unserer letzten Versöhnung sehr selten gemacht hatte.

Am Ende gingen wir drei auch aufs Eis und fuhren einige Runden, was ich bis heute noch gerne mache, auch wenn es mein Rücken immer seltener zulässt.

Kapitel 11

Alles hat sich gegen mich verschworen!

Erschöpft kamen wir alle wieder nach Hause und setzten uns ins Wohnzimmer. Daniela ging in die Küche um Essen zu machen und Cornelia und ich beschäftigten uns mit den Kindern. Auf einmal sah ich, dass jemand bei uns auf dem Anrufbeantworter eine Nachricht hinterlassen hatte.

Ich drückte auf Play um den Text zu starten und hörte zunächst die Ansage einer mir unbekannten Handy Nummer. Anschließend kam der Inhalt der Nachricht und er lautete: "Ich habe Sehnsucht nach Dir Daniela". Es war also einen SMS Nachricht, die man ja mittlerweile auch an ein Festnetz Telefon senden konnte. In diesem Fall liest dann eine elektronische Stimme das vor, was der Absender geschrieben hat. So konnte ich die Stimme natürlich nicht identifizieren.

Es war wie ein Hieb in die Magengrube. Meine Fingernägel krallten sich mir in die Handballen und ich wäre am liebsten explodiert. "Hatte Daniela nach wie vor Kontakt zu Carsten? Hatte sie mir alles nur vorgespielt um wieder an mein Geld heran zu kommen? Wieso hatte sie sich überhaupt so verändert? Wie würde sie sich jetzt wieder heraus reden?"

Als Daniela das Wohnzimmer betrat war ich zu meinem Erstaunen sehr ruhig und wollte wirklich nur eine ehrliche Antwort von ihr. Natürlich gab sie mir eine sehr unbefriedigende Antwort: "Es ist bestimmt nicht für mich gewesen, denn ich kenne keinen mit dieser Nummer." Aber ich dachte an die Handy Nummer und, dass ich ja auch selbst kontrollieren konnte, wer der Anrufer war.

Äußerlich ruhig zwang ich mich den Rest des Tages ohne Streit mit den Kindern zu verbringen - innerlich jedoch war ich in Aufruhr. Am nächsten Tag wählte ich voller Spannung die Nummer und zu meinem Erstaunen ging jemand ran, an den ich zu diesem Zeitpunkt niemals gedacht hatte. Um meine Verblüffung zu verstehen muss ich etwas in der Geschichte zurück gehen.

Es war im November 1997. Daniela und ich waren gerade seit vier Monaten ein Paar. Ich hatte bereits einen kleinen Einblick in ihre "Familie" erhalten. Es gab aber selbst nach so kurzer Zeit etwas, dass mich wirklich störte und ich denke mal, dass es jedem anderen ebenso ergangen wäre. Daniela`s leiblicher Vater lebte nicht mehr mit ihrer Mutter zusammen. Doch Danielas Mutter hatte wieder geheiratet, einen Mann namens Willi. Dieser war ein ziemlich schräger Vogel, der in der ehemaligen DDR mehr Zeit im Gefängnis als auf freiem Fuß verbracht hatte.

Auch optisch sprach er mich nicht an, da er kaum noch Zähne im Mund hatte. Jedesmal wenn er zu uns zu Besuch kam, küßte er meine Frau intensiv auf den Mund und tatschte ihr den Po. Dies war auch der Anlaß gewesen, warum ich ihn kurze Zeit später aus unserer Wohnung geworfen hatte.

Und nun, fünf Jahre später geht eben dieser Willi ans Telefon und meldet sich mit seinem Namen. Auch er schien sehr erstaunt, er hatte gewiß nicht damit gerechnet, dass unser Anrufbeantworter bei der Aufzeichnung auch seine Handy Nummer abspeichern würde.

Als ich ihn auf die Nachricht, die er auf unserem Anrufbeantworter hinterlassen hatte, ansprach, leugnete er und sagte: "Das habe ich nicht geschrieben." Also ließ ich mir einen Trick einfallen um Daniela und Willi zu überführen.

Mit Cornelias Hilfe, die einen Tag später wieder nach Hause fahren wollte, lockte ich ihn in eine Falle. Hierfür gab sich Cornelia als Daniela aus, was bei SMS Nachrichten kein Problem ist.

Willi ging ihr voll auf den Leim und bestätigte meine Vermutung in vollem Umfang. Er hatte all die Jahre eine Affäre mit meiner Frau gehabt. In der Annahme mit seiner Geliebten Daniela zu SMS`en, schwärmte er von ihrem Verhältnis, wobei er auch betonte wie sehr ihn die sexuelle Seite ihrer Beziehung begeisterte und was sie doch schon alles miteinander "getrieben hätten". Weiterhin beschrieb er mich als naiven Trottel, den man jetzt schon über Jahre hinweg erfolgreich hintergangen hatte.

Nachdem ich das alles erfahren hatte, sagte ich zu Daniela, dass es mit uns endgültig keinen Sinn mehr habe und ich darum besser ausziehe. Ich verstand zwar, dass es viele Paare der Kinder wegen noch einmal versuchten aber ich merkte eben, dass ich niemals mit jemandem zusammen leben kann, zudem ich kein Vertrauen mehr habe. Noch dazu wenn diejenige es nachweislich ganz problemlos schafft mir über Jahre hinweg jeden Tag ins Gesicht zu lügen.

Daniel entschloß sich damals doch lieber bei seiner Mutter zu bleiben. Ich erkannte, dass er sich lediglich finanzielle Vorteile aus dem Zusammenleben mit mir versprochen hatte, die ich ihm aber nicht in genügendem Maße verschafft hatte.

Auch die Regeln die ich aufstellte waren für ihn nicht auf Dauer tragbar gewesen, da hatte er es viel einfacher bei seiner Mutter, denn sie hatte ja meist ganz andere Dinge, bzw. Männer im Kopf und somit keine Zeit für eine verantwortungsvolle Erziehung.

Kapitel 12

Mein Auszug und ein Neuanfang ?

Ich weiss ja nun nicht, was Daniela erwartet hatte doch es war kein unkomplizierter Auszug. Im wahrsten Sinne des Wortes wurden mir Sachen an den Kopf geworfen. Meine Videokamera landete z.B. an der Wand, meine Premiere Box folgte ihr kurz danach und diverse andere Wertgegenstände nahmen ein ähnlich tragisches Ende.

Scheinbar war Daniela davon ausgegangen, dass dies alles spurlos an mir vorübergehen würde und ich ihr wieder alles verzeihe, wie sooft zuvor. Doch dieses Mal hatte sie sich getäuscht. In ihrer Wut warf sie einen Großteil meiner Bekleidung in den Kofferraum meines Autos und ich ließ sie gewähren, da sie zu diesem Zeitpunkt zu allem fähig war. So kam es, dass ich mir mit etwas Kleidung, jedoch ohne Möbel oder Gegenstände des täglichen Lebens binnen kürzester Zeit eine Bleibe suchen mußte.

Bereits zu diesem Zeitpunkt waren meine Rückenschmerzen wieder an einem Punkt angelangt, der wirklich am Rande des Erträglichen war. In dieser Nacht fuhr ich zu meiner Mutter. Dort angekommen wollte ich noch ein Bad nehmen, doch bereits nach zehn Minuten konnte ich mich, bedingt durch die Schmerzen in meinem Kreuz nicht mehr bewegen. Zusätzlich war mein linkes Bein wie gelähmt und schmerzte höllisch.

Ich glaube jeder Leser kann sich vorstellen, wie beschämend es ist, wenn man mit neunundzwanzig Jahren - als erwachsener Mann - von seiner Mutter aus der Wanne "gehoben" werden muss. Und so ging es mir in dieser Nacht.

Nachdem mich meine Mutter unter großer gemeinsamer Kraftanstrengung aus der Wanne geholt hatte, bettete sie mich auf ihre Couch im Wohnzimmer und legte mir einige Kissen unter mein Bein. Dadurch gingen die Schmerzen ein wenig zurück und die Lähmung wich einem Kribbelgefühl.

Aber gegen die Schmerzen in meinem Rücken wirkten in dieser Nacht kein Schmerzmittel und ich befürchtete, dass ich bald wieder operiert werden müßte. Doch bis dahin sollte noch etwas Zeit vergehen. Am nächsten Tag fuhr ich zurück ins Sauerland, denn ich wollte nicht wieder dauerhaft bei meiner Mutter einziehen.

Diese hatte zwar stets zu mir gehalten und mir geholfen so weit sie konnte, doch ich wollte weiterhin auf eigenen Füßen stehen. Ich bemühte mich also um eine kleine möblierte Wohnung die aber auch bezahlbar sein sollte, was hier in dieser Region zum Glück kein großes Problem darstellt.

So kam es, dass ich in einen kleinen Ferienort zog der nur ungefähr zwanzig Kilometer von dem Ort entfernt war, in dem meine Frau und Bianca lebten. Meiner Frau teilte ich sowohl meine neue Adresse als auch Telefonnummer mit, so dass sie mich jederzeit erreichen konnte, wenn etwas mit Bianca sein sollte.

Daniela startete jedoch tatsächlich einen letzten Versuch, mich doch noch zurück zu bekommen. Jeder der die Sendung "Nur die Liebe zählt" kennt weiß, dass Kai Pflaume dort auch versucht, gescheiterte Ehen wieder zu kitten. Dies hatte er auch bei uns vor.

Einige Tage später erhielt ich einen unerwarteten Anruf eines Bekannten, der von mir ein Konzept für eine Immobilienfinanzierung haben wollte. Er sagte: "Laß uns das am besten beim Italiener um die Ecke bereden, da haben wir mehr Ruhe." Etwas verunsicherte mich damals zwar aber ich dachte an meine finanzielle Situation und erhoffte mir durch diesen Termin etwas zusätzliches Geld.

Am verabredeten Tag fuhr ich also in Richtung der Pizzeria, doch ich war fünfzehn Minuten zu früh. Für gewöhnlich wäre ich sofort in die Pizzeria hinein gegangen, aber eine innere Stimme hinderte mich an diesem Tag daran. Ich fuhr also weiter und ungefähr fünf Kilometer hinter dem Italienischen Lokal kam mir der silberne Anhänger von Kai Pflaume entgegen. Da wußte ich, was die Stunde geschlagen hatte.

Daniela hatte mir kurz zuvor erzählt, sie habe einen Termin in Köln. Dort waren unter anderem auch die Studios von dem Fernsehsender und dort hatte sie wohl alles in die Wege geleitet. Per Handy sagte ich kurzer Hand den Termin ab - doch Kai Pflaume erwies sich als sehr hartnäckig.
Er und sein Team versuchten drei Tage lang mich im Sauerland ausfindig zu machen. Da ich aber genug Bekannte hatte, schlüpfte ich für diese Zeit bei einem Angelkollegen unter den Daniela nicht gut kannte.

Für mich war die Beziehung zu Daniela endgültig gescheitert aber ich hatte nicht vor, das in aller Öffentlichkeit breit zu treten. Ich hatte mich lange genug für dumm verkaufen lassen. Dies sollte nicht auch noch ein Millionen Publikum veranschaulicht bekommen um sich darüber zu amüsieren.

Außerdem war mir schmerzhaft klar geworden, dass Daniela keinerlei Ahnung davon hatte, was das Wort LIEBE bedeutet, wie man sich als Liebende verhält und, dass sie wahrscheinlich sowieso keine echte, tiefe Liebe empfinden konnte.

Ich empfand es daher als Hohn, dass ausgerechnet sie sich an eine Sendung mit dem vorgenannten Titel wandte. Bei ihr hatte die Liebe definitiv NIE gezählt!
Zu dieser Zeit war Cornelia sehr anhänglich denn auch sie hatte sich von ihrem Freund getrennt. Als ich sie als Leidensgenosse in Frankfurt besuchte, erzählte sie mir, dass sie aus der Wohnung ausziehen müsse, da der Mietvertrag auf den Namen ihres Ex-Freundes lief und er die Wohnung gekündigt habe.

Cornelia wußte also nicht wohin mit ihren Möbeln und ich hatte - wie bereits erwähnt - keinerlei Möbel mehr. So überlegten wir, ob es vielleicht eine gute Idee sei, wenn wir zusammenziehen würden. Doch sie hatte ja auch noch drei Kinder und so kam eine kleine Wohnung nicht in Frage. Ich suchte deshalb ein Haus, welches aber dennoch günstig sein mußte, da Cornelia keiner Arbeit nachging und ich nur meine Berufsunfähigkeitsrente zu Verfügung stehen hatte.

Schließlich fand ich es in Hessen und so zogen wir kurze Zeit später dorthin. Doch dies sollte sich leider als eine klassische Fehlentscheidung erweisen, wie ich schon bald zu spüren bekam.

Bei unserer Beziehung handelte es sich, zumindest aus meiner

Sicht, um eine reine Zweckbeziehung, die aber von vornherein zum Scheitern verurteilt war. Cornelia war bei Streitereien - die häufig durch ihre Kinder verursacht wurden - natürlich immer auf der Seite ihrer Kinder.

Da sie nichts zum Lebensunterhalt beitrug, lasteten also gleich vier zu stopfende Mäuler mehr auf meiner Brieftasche. Diese auch psychisch enorme Belastung trug nicht gerade zu meiner Genesung bei und so kam was kommen mußte.

Heute weiß ich, dass es sinnvoller gewesen wäre eine Zeit lang für mich allein zu bleiben, um zur Ruhe zu kommen und zu mir selbst zu finden. Aber ich denke, ich hatte Angst, dass mir die "Decke auf den Kopf fällt" - so ganz allein und ohne meine Familie.
Nur zwei Monate nach unserem Zusammenzug krümmte ich mich vor Schmerzen und konnte gar nicht mehr laufen.

Mein Hausarzt kümmerte sich um die Untersuchungen und bereits vierundzwanzig Stunden später wusste ich, warum ich mich nicht mehr bewegen konnte. Ich hatte den dritten Bandscheibenvorfall!

Dieses Mal war er schlimmer als die Male zuvor und ich kam um eine erneute OP nicht herum. " Warum nur immer ich?", fragte ich mich damals, doch ich weiss noch als sei es erst gestern gewesen, dass mir die Ärzte in der damaligen Spezialklinik gesagt hatten: "Bei jeder weiteren OP ist die Aussicht auf Schmerzlinderung geringer." Ich hatte demnach nur noch eine Chance von cirka dreissig Prozent, dass es mir nach dem Eingriff überhaupt besser gehen würde.

Doch mein Beschwerdebild war so dramatisch, dass ich nicht anders konnte - ich musste mich operieren lassen! Der Eingriff fand genau vierzehn Monate nach der letzten OP statt.

All die Schmerzen der vergangenen Monate, die Trennung von Daniela und Bianca, sowie die aktuellen Probleme, die ich mit Cornelia hatte, trugen dazu bei, dass ich mir nicht einmal mehr sicher war, ob ich überhaupt aus der Narkose erwachen wollte.Doch auch da war mir wieder einmal klar, dass ich für meine Tochter leben musste.

Ich hatte Bianca seit nunmehr vier Monaten nicht gesehen und einen Anwalt mit der Wahrnehmung meiner Interessen beauftragt.

Einen Tag nach der OP bekam ich von Daniela eine SMS in der sie mir mitteilte, dass Bianca ebenfalls im Krankenhaus liegen würde. Auf mein Nachfragen, was sie denn habe, wurde mir lapidar mitgeteilt, dass sie nur verpflichtet sei mir zu sagen, dass Bianca im Krankenhaus liege nicht aber in welchem oder warum.

Noch von meinem Krankenbett aus bemühte ich mich, sämtliche Kliniken in unserer Nähe anzurufen um mich danach zu erkundigen ob meine Tochter dort als Patientin bekannt sei.
Leider ohne Erfolg. Es schien, als hätte mich Daniela wieder angelogen.

Dies hatte sie bedauerlicherweise in den vergangenen Monaten sehr oft getan. Immer wieder trafen SMS bei mir ein in denen sie versuchte mir Angst zu machen, dass etwas mit unserer Tochter passiert sei, denn sie wusste nur zu gut, dass dies mein schwächster Punkt war.

Mein Zimmernachbar Jörg, war mir eine echte Hilfe. Er konnte gut zuhören und war als Außenstehender unparteiisch.
Er merkte damals auch sofort, dass mit Cornelia etwas nicht stimmen konnte, denn auch sie benahm sich nicht so, wie es

normalerweise üblich ist, wenn der "Freund" operiert wurde. An dem Tag nach der OP wachte ich auf und keiner saß an meinem Krankenbett. Ich fühlte mich sehr einsam und ungeliebt.

Jörg hatte mich den ganzen Tag allein gelassen, denn er war nur zwei Tage vor mir operiert worden und wußte, wie beschissen man sich danach fühlt. Er kam erst gegen Abend wieder auf unser Zimmer und wir unterhielten uns. Er hatte sehr zutreffend analysiert, welchem zusätzlichen Druck ich durch Cornelia und Daniela ausgesetzt war. Er half mir bezüglich Bianca weitere Kliniken anzurufen aber leider blieb alles ohne Erfolg.

Ich entschloß mich, meinen Anwalt zu kontaktieren der versuchen sollte, etwas in Erfahrung zu bringen. Ebenso schaltete ich das Jugendamt ein. Irgendeiner musste mir ja nun etwas weiterhelfen können.
Meine OP war einigermassen gut verlaufen, auch wenn ich nach wie vor Schmerzen hatte, so waren sie doch auf ein erträglicheres Maß zurückgegangen.
Nach dieser OP war es das erste Mal, dass mir gesagt wurde ich solle in eine Anschlussheilbehandlung.

Da die Ärzte mir auch in dieser speziellen Wirbelsäulenklinik nicht mehr weiterhelfen konnten wurde ich nach zehn Tagen entlassen. Jörg und ich wollten eigentlich in dieselbe Kurklinik, was leider nicht möglich war aber zumindest waren die Kliniken benachbart und so konnten wir uns wann immer wir keine Anwendungen hatten besuchen.

Im Krankenhaus hatte sich eine Truppe von ungefähr zehn Leuten zusammengetan, die alle die gleichen Operationen hinter sich hatten. Für die Raucher gab es außerhalb der Stationen, in der Nähe des Treppenhauses einen sehr großzügigen Aufenthaltsraum in dem uns sogar eine Kaffeemaschine zur Verfügung stand.

Diese Klinik war ganz in der Nähe des Hauses, welches ich mit Cornelia gemietet hatte. So blieb mir immer die Möglichkeit, gegebenenfalls schnell nach Hause zu fahren, sollte ich dort gebraucht werden.

Kurz bevor ich diese Reha angetreten hatte, wurde von meiner Mutter ein Darlehen aufgenommen, mit dem ich den Großteil der Schulden abzahlen konnte, die in der gemeinsamen Zeit mit Daniela entstanden waren. Dadurch war ich glücklicherweise wieder finanziell flexibel und kreditwürdig.
Diese Tatsache wurde leider ganz schamlos von Cornelia ausgenutzt, die zu dieser Zeit im Besitz meiner Kontokarte war.

Sie räumte mein Konto systematisch leer. Als nach knapp der Hälfte meiner Rehadauer mein Konto dermaßen überzogen war, dass sie kein Geld mehr bekam, rief sie mich an. Ich fuhr sofort am Wochenende zu ihr und versuchte irgendwie Geld aufzutreiben. Ich fühlte mich ja doch mit verantwortlich für die vier.

Was ich aber damals nicht wissen konnte war, dass sie ungefähr fünftausend Euro von meinem Konto allein für ihre persönlichen Zwecke ausgegeben hatte.
Von Cornelia hatte ich keine Unterstützung zu erwarten. Sie ruhte sich lieber aus und ließ mich allein mit meinen Problemen. Im Gegenteil, sie sorgte eigentlich immer wieder für neue Probleme die ich von der Klinik aus regeln musste.

Sie renovierte überflüssigerweise das gesamte Haus, natürlich mit meinem Geld und sogar die unsinnigsten Arbeiten wurden in Auftrag gegeben. Frei nach dem Motto: "Mario hat`s ja" wurde mein Geld zum Fenster hinausgeworfen. Im nachhinein sah ich, dass sie tatsächlich nahezu täglich fünfhundert Euro oder mehr, von meinem Konto abgehoben hatte.

Trotzdem wurde der Wagen zu Lasten meiner Karte vollgetankt. Mit anderen Worten: das Geld wurde wirklich mit offenen Händen hinausgeworfen und ich durfte dafür gerade stehen.
Kurz vor Ende des Klinikaufenthaltes nahm ich ihr sowohl meine Geldkarte als auch meinen Wagen weg. Leider viel zu spät aber auch das sind wieder Erfahrungen die man anscheinend manchmal machen muß. Ich sagte ihr, dass sie sich gefälligst selbst um Geld zu kümmern habe, immerhin zahlte keiner der Väter für eines der Kinder Unterhalt.

An dem darauffolgendem Abend rief mich ihre älteste Tochter an und sagte mir, dass ihre Mama weg sei und sie im Haus eingesperrt habe. Ich konnte mich natürlich nicht mehr an diesem Abend darum kümmern, da ab zweiundzwanzig Uhr die Kurkliniken abgeschlossen werden. Gleich am nächsten Morgen fuhr ich noch vor dem Frühstück zu den Kindern.
Ihre Mutter war immer noch nicht da. Ich lud die drei ins Auto und wir fuhren ein wenig durch die Gegend um Cornelia zu suchen. Ohne Erfolg.

Am Nachmittag, als ich die Kinder wieder zurück brachte, war ihre Mutter zwar da, aber nicht ansprechbar. Sie hatte sich ins Bett gelegt, die Schlafzimmertür abgeschlossen und schlief, als sei nichts vorgefallen.

Die "Kriegsgeschichte" die sie mir später erzählte, lasse ich an dieser Stelle lieber aus, denn Lügen haben Sie - lieber Leser - hier sicher schon oft genug "gehört" und ebenso ging es mir auch.

Ich merkte nur viel zu brutal, dass ich auf die nächste Frau hereingefallen war und ich fragte mich langsam ob ich naiv oder masochistisch veranlagt war - vielleicht sogar auch beides?!?!
Die letzte Woche in der Klinik versuchte ich total abzuschalten; ich wollte mit Cornelia nichts mehr zu tun haben. Meine Schmerzen waren selbst unter der Betreuung dieser Profis wieder schlimmer geworden, so dass man mir für die Zeit meines Restaufenthaltes sogar einen elektrischen Rollstuhl zur Verfügung stellte.

Also kann man sich wohl in etwa vorstellen, wie schlimm meine Beschwerden trotz der zuvor erfolgten Bandscheiben OP geworden waren.

Der dortige Chefarzt bemühte sich darum, für mich eine Verlängerung um weitere drei Wochen zu erreichen, doch meine Krankenkasse ließ sich nicht erweichen. Sie teilten ihm in einem kurzen knappen Brief mit, dass ich diese Anwendungen auch in einer Praxis an meinem Heimatort durchführen lassen könnte.

Also wurde ich kurzer Hand entlassen. Der Chefarzt wollte mir wirklich nur helfen und so gab er mir noch zwei Rezepte mit.

Das eine um bei meiner Krankenkasse ein Krankenbett zu beantragen und zum anderen ein Rezept für einen behindertengerechten Badezimmerumbau.

Doch auf mich wartete ja nun kein Heim auf das ich mich freuen konnte. In dem Haus in Hessen lebten ja noch Cornelia und ihre Kinder. Ich mußte also wieder mal versuchen möglichst schnell eine neue Bleibe zu finden. Es dauerte auch gar nicht lange, dann hatte ich eine kleine Single Wohnung gefunden.

Meine Vermieter, eine ältere Dame und ihr Ehemann waren wirklich sehr nett und hatten volles Verständnis für meine Situation. Zu meinem Glück war die Wohnung wenigstens teilmöbliert, so dass ich mir keine Küche anschaffen mußte. Ich brauchte mich nur noch um einige Möbel für den Rest der Wohnung zu kümmern.

Erneut half mir meine Mutter indem sie für mich bürgte, so dass ich mir die nötigsten Möbel kaufen konnte, die mir noch fehlten.
Die Monate vergingen und mein Hausarzt vor Ort hatte inzwischen jegliche Versuche aufgegeben mir mit irgendwelchen Behandlungsmethoden zu helfen.

Ich hatte in der Vergangenheit zwar alles, was er mir verordnete, dankend angenommen, allerdings half mir nichts wirklich und so musste ich die meisten Therapien erfolglos beenden.

In dieser Zeit stand auch endlich der Termin vor Gericht an, bei dem ich um das Umgangsrecht für meine Tochter kämpfen wollte. Kurz zuvor hatte Bianca Geburtstag und da ich nicht eingeladen wurde, fuhr ich in ihren Kindergarten um ihr mein Geschenk zu überreichen. Das muss Daniela wohl geahnt haben, denn ausgerechnet an diesem Tag war meine Tochter dort nicht anwesend.

Also ließ ich das Geschenk bei einer Betreuerin und fuhr unverrichteter Dinge und enttäuscht nach Hause.

Kapitel 13

Endlich ein Wiedersehen mit Bianca

Ich war damals extra weiter weg gezogen um mich Daniela und ihrem negativen Einfluß zu entziehen. Doch trotz der Entfernung die nun zwischen uns lag, erfuhr ich durch gemeinsame Bekannte immer wieder das Neueste über sie. Demnach hatte auch Daniela einen Anwalt eingeschaltet um mir mitteilen zu lassen warum sie Bianca den Umgang mit mir verbieten würde.

In der Begründung von Danielas Anwalt warum ich meine Tochter nicht sehen sollte konnte ich lesen, dass man mir Missbrauch an Bianca vorwarf. Ich begann zu verzweifeln, denn ich würde mich eher umbringen als mein eigenes Kind anzurühren.

In dieser Zeit bekam ich auch die Information, dass meine Frau in einem Bordell anschaffen gehen würde. Da mir die Person die mir dies mitteilte auch noch erwähnte, dass Daniela nur nachts dort arbeiten würde, stellte ich mir vor, dass Daniel und Bianca nachts allein in dem Haus waren.Diesen Zustand fand ich untragbar, besonders da ich wusste, wie unruhig Bianca immer schlief.

Jede Nacht war sie mindestens einmal wach geworden und zu mir gekommen, selbst wenn sie nur kurz etwas trinken wollte. Und nun sollte sie nachts allein bleiben - obwohl sie gerade erst vier Jahre alt geworden war?!?! Das war etwas das ich ehrlich gesagt nicht akzeptieren konnte und wollte.

Doch scheinbar stimmten diese Behauptungen, auch wenn leider keiner meiner Bekannten dies vor Gericht bestätigen wollte; es ist eben ein Unterschied ob man sich im privaten Kreis etwas erzählt oder es vor einem Richter bezeugen soll.

Ich war geschockt als ich dann noch erfuhr, dass meine Tochter in dieser Zeit tatsächlich im Krankenhaus gelegen hatte. Sie hatte viel Gewicht verloren und klagte immer über Magenschmerzen, etwas dass für ein Kind in ihrem Alter nun wirklich nicht normal war.
Als ich damals nach meiner dritten OP vom Krankenbett aus diverse Kliniken angerufen hatte, wußte ich nicht, dass ich gar nichts in Erfahrung bringen konnte, da Daniela dem Krankenhauspersonal untersagt hatte, mir über Bianca Auskunft zu erteilen.

Nachdem mir nun aber bestätigt worden war, dass die Kleine doch in einer der Kliniken gelegen hatte in denen ich angerufen hatte, bemühte ich mich den Entlassungsbericht zu erhalten.

Nur durch einen kleinen Trick gelang es mir ihn einen Tag vor der Gerichtsverhandlung per Fax zu bekommen.

Ich ließ mich in der Kinderklinik mit dem Schreibbüro verbinden. Als ich merkte, dass die Dame am anderen Ende sehr freundlich und hilfsbereit zu sein schien, sagte ich ihr, dass mein Hausarzt noch immer auf den Entlassungsbericht meiner Tochter warten würde. Dies war ihr sichtlich peinlich und das nutzte ich aus, indem ich ihr sagte, sie könne es wieder "gut machen", wenn sie mir den Bericht umgehend per Fax zukommen ließe.
So kam es, dass ich den Bericht kurz darauf in meinen Händen hielt. Was ich darin lesen mußte, brachte das reine Entsetzen in mir zum Ausbruch.

Ich zitiere an dieser Stelle auszugsweise aus dem Entlassungsbericht:

"Wir berichten über unsere Patientin Bianca J.
Aufenthalt in unserer Klinik vom 15.4 bis 27.4

Das Kind klagt über häufig auftretende Magenschmerzen und
Übelkeit. Nach eingehender Untersuchung konnten wir jedoch
keine organische Ursache dafür feststellen. Wir versuchten
mehrfach mit der Mutter von Bianca zu sprechen, doch diese war in
der gesamten Zeit des Aufenthaltes der kleinen Bianca nur zweimal
zu Besuch und zeigte kein Interesse an einem Gespräch.

Am 26.4., einen Tag bevor wir die Patientin entlassen wollten,
konnten wir die Mutter zu einem Gespräch bewegen. Im Verlauf
dieses Gespräches gab Frau J. an, dass sie und ihr Mann sich
getrennt haben. Sie erwähnte auch, dass sie befürchte , dass das
Kind missbraucht wurde. Aufgrund dieser Äusserung wurde sofort
ein gynäkologisches Konzil einberufen. Doch die angeordnete
Untersuchung blieb ohne Befund."

An dem Morgen der Gerichtsverhandlung kam Daniela auf mich
zu. Sie tat etwas mit dem ich nicht gerechnet hatte. Neben mir
stand die Dame vom Jugendamt und bei dem was nun folgte,
schaute sie mich ebenso entgeistert an, wie ich sie.

Daniela kam mit einer Tüte auf mich zu. Kurz vor mir stoppte sie
und warf mir die Tüte vor die Füße. In ihr befanden sich die Sachen
die ich zu Biancas Geburtstag im Kindergarten abgegeben hatte.

Etwas "Besseres" - hätte mir nicht passieren können und noch dazu
vor glaubhaften Zeugen.

Da ich den Entlassungsbericht sehr kurzfristig bekommen hatte,
konnte ihn mein Anwalt noch nicht einsehen. Als er dann ungefähr
zwei Minuten später bei Gericht eintraf, übergab ich ihm den

Bericht. Er war sprachlos und konnte ebenfalls kaum glauben was er da las.

Der Richter eröffnete die Sitzung und überprüfte zunächst die Anwesenden. Daniela war ebenfalls in Begleitung ihres Anwalts gekommen und so konnte die Verhandlung beginnen. Er wollte nun von mir wissen, wie ich darauf käme, das Sorgerecht für Bianca einzuklagen.
Ich beschrieb ihm die momentane Situation wie sie sich aus meiner Sicht darstellte. Hierzu musste ich etwas ausholen, da dieser Zustand ja nun mittlerweile einige Monate anhielt. Und so beschrieb ich, wie häufig ich vor verschlossener Tür bei Daniela stand, wenn ich die Kleine abholen wollte, wie oft meine Anrufe unbeantwortet geblieben waren und ich keinerlei Möglichkeit hatte, Bianca zu sehen oder wenigstens zu sprechen.

Eine der Behauptungen von Daniela und ihrem Anwalt war, dass ich mich nicht bemüht hätte Bianca zu sehen. Dieses konnte ich jedoch durch das direkt vor der Verhandlung Geschehene, was ich dem Richter schilderte, sowie durch meine vorhergehenden Erzählungen widerlegen.

Ich beschrieb, wie ich in den Kindergarten gefahren war und meine Tochter an dem Tag nicht anwesend war. Ferner erzählte ich, dass ich die Geschenke für meine Tochter dort abgegeben hatte und, dass sie mir gerade vor Beginn der Verhandlung vor die Füsse geworfen worden waren.

Man sah, wie sich das Gesicht des Richters rot färbte als er sich an meine Frau wandte.

Er fragte sie: "Haben sie das tatsächlich gerade so gemacht?" Die Antwort kam, voll von Bosheit und Aggressionen zurück:

"Natürlich", sagte Daniela, "ich will nicht, dass **DER** meiner Tochter etwas schenkt."

Das war der erste Todesstoß, den sie sich selbst gab, denn der Richter wurde sehr laut, ja es war schon fast ein Schreien. Er fuhr sie an : "Wissen sie eigentlich, dass sie gar nicht das Recht haben, ihrer Tochter die Geschenke ihres Vaters vorzuenthalten?
Es sind Gaben an das gemeinsame Kind die ihr keiner, Frau Jakob ich betone keiner wegnehmen darf!"

So etwas hatte ich in all den Jahren noch nicht gesehen. Zwar konnte man im Fernsehen bei Gerichtssendungen des öfteren Wut und Zorn miterleben, jedoch waren es dann meistens Zeugen oder Angeklagte, die sich in dieser Form ereiferten.

Dass es auch einem Richter passieren kann, hatte ich bis dato noch nicht erlebt. Dann wandte er sich an Daniela´s Anwalt und sagte: "So Herr S wie sich der Fall jetzt darstellt, stimmt ihre Behauptung offensichtlich nicht, dass Herr Jakob sich nicht bemüht haben sollte, oder?"

Kleinlaut mußte auch er zugeben, dass es sich ganz anders verhielt, als seine Mandantin es geschildert hatte. Dann kam wieder der Missbrauchsvorwurf auf den Tisch. Gott sei Dank hatten wir ja aber inzwischen das Untersuchungsergebnis der Klinik, in dem meine Frau nicht gut da stand und auch der Missbrauch widerlegt wurde.

Mein Anwalt präsentierte kurzer Hand das Schreiben der Klinik und nachdem der Richter es überflogen hatte, schüttelte er erneut den Kopf.
Abschließend feuerte er noch einige bösartige Kommentare in Richtung meiner Frau ab. Und dann räumte er mir ein

umfangreiches Besuchsrecht ein.

Ich durfte mit Beginn des kommenden Wochenendes endlich meine Tochter wiedersehen! Es war festgelegt worden, dass ich Bianca jeden Mittwoch Nachmittag und jedes zweite Wochenende von Freitag Mittag bis Sonntag Abend abholen durfte.

Ich hatte den ersten Sieg errungen und endlich einmal ein Erfolgserlebnis zu verzeichnen. Welch ein schönes Gefühl! Eine zentnerschwere Last fiel mir von meinem Herzen.

Kapitel 13

Ruhe und doch keine Ruhe

Es begann die Zeit, in der mir immer klarer wurde, wie sehr meine Frau mit unserem bzw. meinem Geld geprasst hatte. Immer öfter kamen neue Forderungen auf mich zu, von denen ich nichts wußte.

Tankstellenrechnungen, Versandhäuser - ja sogar bei Freunden hatte sie Schulden gemacht. Natürlich versuchte ich im Rahmen des Möglichen alles zurück zu zahlen, jedoch waren mittlerweile auch meine letzten Reserven erschöpft. Ich brauchte etwas Abstand und so zog ich für einige Wochen zu meiner Mutter.

Doch leider sollte dies nur ein kurzer Zwischenstop werden der wieder einmal im Krankenhaus endete.Nach ungefähr einer Woche die ich in Ahlen bei meiner Mutter war, begannen die ständigen Schmerzen wieder schlimmer zu werden. Es durchfuhr mich auch bei den geringsten Bewegungen und meine Mutter machte sich ernsthaft Sorgen.

Sie klapperte mit mir sämtlich Ärzte in der Umgebung ab.
Als wir bei ihrem Hausarzt angekommen waren, wies er mich sofort in das nahe gelegene Krankenhaus ein um mich dort eingehend untersuchen zu lassen.

Nachdem ich dort erneut in der Röhre war wurde ich zunächst nach Hause geschickt. Die Auswertung meiner Bilder sollte vom Chefarzt selbst vorgenommen werden, der aber an diesem Tag nicht anwesend war. Es wurde ein Tag voller Grübeleien. In Gedanken malte ich mir schon wieder das Schlimmste aus, doch die Farbe reichte nicht aus um mir auszumalen, wie schlimm es tatsächlich werden sollte.

Nach einer schlaflosen Nacht rief ich sofort am Morgen in der Klinik an. Es dauerte eine Weile, bis ich an der richtigen Stelle angelangt war. Der Chefarzt hatte erst kurz zuvor meine Bilder angesehen und sich die Vorberichte durchgelesen.

Als er mich nun am Telefon hatte faßte er sich ziemlich kurz: "Herr Jakob, ich habe mir gerade ihre Bilder angesehen. Bitte kommen sie am 9. April zu uns in die Klinik. Sie haben erneut einen Bandscheibenvorfall der dringend operiert werden muss."
Geschockt und ziemlich sprachlos legte ich den Hörer auf. "Warum denn nun schon wieder operieren?

Welche Erfolgschancen konnte man mir denn garantieren - gab es überhaupt Garantien?" Fragen wie diese fielen mir aber leider erst nach diesem Telefonat ein. Dinge, die ich unbedingt wissen wollte um sie in meine Entscheidung mit einfließen zu lassen.

Es waren ja noch einige Tage Zeit bis zu dem Termin. Ich beschloß, mir alle Fragen aufzuschreiben um sie vor dem "angeblich notwendigen" Eingriff mit dem Arzt zu besprechen.

Es ging mir nämlich stets so, wenn ich den Ärzten persönlich gegenüber stand, fiel mir nicht mehr ein was ich eigentlich alles hatte fragen wollen. Trotz meiner schlechten Erfahrungen waren es für mich noch immer Götter in weiss, die mich einschüchterten und verunsicherten.

In den kommenden Tagen erweiterte ich die Liste noch um einige zusätzliche Fragen, doch meine Schmerzen blieben trotz der Infusionen die mir der Hausarzt meiner Mutter täglich verabreichte, unerträglich. Mein Bein wurde immer tauber und ich hatte wirklich Angst. Dann kam der Tag an dem ich in die Klinik fuhr, meine Mutter brachte mich morgens um neun Uhr dort hin.

Bei der Anmeldung war bereits alles für mich vorbereitet und so lag ich schon eine halbe Stunde später in meinem Zimmer. Die morgendliche Visite war zwar schon vorbei, doch die Stationsschwester teilte mir mit, dass Herr Doktor 15 mich im Laufe des Vormittags noch persönlich untersuchen wollte.

Die Beschwerden weiteten sich mittlerweile mehr und mehr aus. Selbst meine Blase war von den Lähmungen betroffen, die sich so äußerten, dass ich das Wasser teilweise nicht halten konnte. Nur eine Stunde später war Dr. 15 bei mir.

Nach seiner eingehenden Untersuchung kam er wie bereits am Telefon gesagt, zu dem Ergebnis, dass ich um eine OP nicht herum käme. Als ich meine Liste hervorholte und ihn nach den Chancen fragte, wurde er sehr sachlich und erklärte mir, dass ich nach 3 Operationen kaum noch eine Aussicht auf Schmerzfreiheit hätte.

Ein chronischer Schmerzpatient ist nun einmal jeder, der länger als ein halbes Jahr unter denselben Schmerzen leidet. Bei mir waren es nun schon vier Jahre! Bezüglich dieser Schmerzdauer gibt es eine Art Faustregel: Man geht davon aus, dass sich eine Besserung der Beschwerden erst nach einer Zeit einstellt, die ca. doppelt so lang ist, wie die vorausgegangene Beschwerdezeit.

Zu diesem Zeitpunkt hätte ich demnach aller Wahrscheinlichkeit nach mindestens acht Jahre auf eine wesentliche Besserung warten müssen!!!

Da in dem ersten Jahr mein Bandscheibenvorfall nicht behandelt worden war, kam noch erschwerend hinzu, dass der dort verlaufende Nerv so geschädigt war, dass es kaum noch Aussicht auf Besserung gab. Eine Heilung war somit schier unmöglich, damit mußte ich mich abfinden.Aber eine Linderung der jetzigen Situation war vorrangig, denn mein Kreuz brachte mich fast um den Verstand. Also willigte ich in die OP ein und schon am nächsten Tag war es soweit.

Ich wurde um halb acht in den OP gefahren. Nach ungefähr vier Stunden lag ich wieder auf meinem Zimmer. Die Schmerzen waren, wie nach jeder zuvor erlebten OP unbeschreiblich. Aber es war mehr ein Wundschmerz als dieser unerträgliche, ins Bein ausstrahlende Schmerz.

Am späten Nachmittag durfte ich das erste Mal aufstehen. Dr. 15 war zu mir gekommen und erklärte mir wie die Operation verlaufen war. Es war ein sehr schwieriger Eingriff, da bereits sämtliche Nervenstränge im Narbengewebe gefangen waren. Er sagte mir auch, dass er nicht alle Stränge frei legen konnte und dass dadurch bleibende Schmerzen unvermeidbar sein würden.

Um mir die Komplexität des Eingriffs zu veranschaulichen, meinte er, ich solle mir meine Nerven als Regenwürmer vorstellen, die in ausgehärtetem Sekundenkleber = Narbengewebe eingebettet liegen. Und er hätte nun versuchen müssen, möglichst viele Regenwürmer lebend aus dem Kleber zu befreien. Dass das schwierig und nur teilweise möglich ist, leuchtete mir ein.

Der Schmerz war aber wenigstens wieder auf ein erträglicheres Maß zurückgegangen obschon ich wirklich gehofft hatte, meine Beschwerden würden mehr gelindert. Ohne Tabletten und Schmerztropfen ging es jedoch nach wie vor nicht.

Dr. 15 hatte den Schwestern auf meiner Station Anweisung gegeben, dass ich wann immer ich es benötige, Schmerzmittel bekommen sollte. Am zweiten Abend wurden die Ausstrahlungen in mein Bein wieder schlimmer und so ging ich zum Schwesternzimmer. In dieser Nacht hatte Schwester Maria Dienst. Als ich ihr sagte, was ich wollte, meinte sie lapidar zu mir: "Sie sind abhängig Herr Jakob. Sie sollten mal einen Entzug machen." Ich dachte wirklich ich sei in einem schlechtem Film. Zwar kannte ich die mögliche Abhängigkeit, die aus der regelmäßigen Einnahme der Medikamente resultieren konnte aber ich war mir nicht bewußt, dass ich es bereits sein könnte.

Am nächsten Morgen erzählte ich Schwester Doris wie sehr mich ihre Kollegin geschockt hatte. Schwester Doris war Stationsschwester und wirkte auf mich menschlich sehr kompetent. Sie erklärte mir, dass ich mir nichts dabei denken solle. Schwester Maria "habe solche Aussetzer" des öfteren. Ich solle mir keine Sorgen machen, denn bei mir bestünde nun mal die Notwendigkeit diese Medikamente zu nehmen.

Also war ich zunächst beruhigt und konnte die nächsten beiden Tage abschalten. Am letzten - dem achten Tag - den ich in der Klinik bleiben mußte, hatte ich das Abschlußgespräch mit Dr. 15 Er fragte mich, in welche Reha Klinik ich gerne gehen würde und ich sagte ihm, dass die Klinik G in Bad Wildungen meiner Ansicht nach für mich wirklich die Beste sei.

Er regelte alles schnell und unkompliziert, damit ich gleich im Anschluß in meine Wunschklinik aufgenommen würde.

Kapitel 15

Ein neues Kapitel in meinem Leben

In dieser Zeit lernte ich durch das Internet eine ganz besondere Frau kennen. Antje lebte in Hamburg und war als Sekretärin der Geschäftsleitung einer Immobilienfirma tätig. Sie arbeitete ebenfalls in der Investorenbranche und hatte durch ihre Stellung sehr flexible Arbeitszeiten. Mal wurde sie das ganze Wochenende eingespannt, dann wieder konnte sie sich einen Tag einfach frei nehmen. Wann immer wir konnten, "trafen" wir uns im Internet, SMS`ten oder telefonierten.

Sie war eine bemerkenswerte Frau, die mir mit soviel Verständnis und Aufmerksamkeit gegenüber trat, wie ich es bis dahin noch nie erlebt hatte. Wir führten in der Regel immer Gespräche zwischen drei und fünf Stunden "non Stop". Ich hatte das Gefühl innerhalb weniger Tage alles über diese Frau erfahren zu haben und ebenso erging es wohl auch ihr.

Antje war ebenso wie mir, übel mitgespielt worden. Auch sie war von ihrem Mann hintergangen und betrogen worden. Doch der Vorteil der beiden lag darin, dass sie keine Kinder hatten und auch sonst viel entspannter miteinander umgehen konnten.

Ja es hörte sich in ihren Erzählungen immer so an, als seien die beiden in der Zwischenzeit sogar wieder Freunde geworden.

Anders als in meinen Beziehungen, die eigentlich immer mit Chaos und Durcheinander endeten, lernte ich hier eine für mich völlig neue Trennungsmethode kennen. Eigentlich ist eine Trennung ja nie erstrebenswert, doch wenn man sich z.B. auseinandergelebt hat oder aber andere, schwerwiegende Gründe vorliegen, sollte die Trennung zumindest zivilisiert ablaufen. Etwas, dass bei meinen vorangegangenen Beziehungen nicht möglich gewesen war.

Leider war es zu dieser Zeit noch sehr hektisch bei mir. Ich blieb nur ungefähr eine Woche bei mir zuhause und musste dann in die Reha. Diese Aufenthalte dauern in der Regel mindestens vier Wochen und da zwischen uns beiden eine sehr große räumliche Distanz lag konnten wir uns vorher nicht mehr sehen.

Wir hatten uns zwar Bilder über das Internet gesandt aber man weiß ja nie ob der andere auch wirklich so aussieht. Leider mußte die Reha sein und so fuhr ich ungefähr sieben Tage nach dem wir uns "kennengelernt" hatten in die Klinik G. Das einzige was wir in dieser Zeit hatten um in Kontakt zu bleiben war das Handy und so schrieben wir uns in jeder freien Minute und wann immer uns danach war SMS Nachrichten - zumindest in der ersten Woche.

Aber ab der zweiten Woche wurde das Behandlungsprogramm in der Klinik straff angezogen, wodurch meine Beschwerden wieder schlimmer wurden, so dass ich schon bald nur noch das Verlangen hatte zu liegen.

Größtenteils war mein Handy in dieser Zeit ausgeschaltet, um Ruhe zu haben und mich von den Strapazen der Anwendungen zu erholen. Und so kam es, dass ich kaum noch Kontakt zu Antje hatte.

Während des Aufenthaltes wurde ich von den Medikamenten her umgestellt und erhielt Morphiumpflaster. Dadurch konnte ich wenigstens an dem alltäglichen Geschehen wieder teilnehmen. (Zumindest nach der Dosierungserhöhung aber dazu später mehr)

Wir hatten uns zu einer Gruppe von Patienten zusammengefunden, die ihr Leid teilten. Wann immer es einem von uns besonders schlecht ging, bemühten sich die anderen ihn wieder aufzubauen.

Es gab in der Klinik zwar keine Raucherzonen, statt dessen stellte die Klinikleitung uns einen Raucherpavillon zur Verfügung in dem wir uns jeden Tag trafen und uns gegenseitig aufmunterten.
In diesem hatten wir sogar eine Kaffeemaschine und teilten uns die anfallenden Kosten für das Kaffeepulver, Cappucino und Tee. Es war als seien wir eine kleine Familie die wirklich zusammen hielt.

Wie bereits gesagt erhielt ich inzwischen zusätzlich Morphiumpflaster, da in dieser Zeit Medikamente wie Tramal und Valoron bei mir schon gar nicht mehr richtig wirkten.

Eigentlich fängt man bei einer Tagesdosis von 25 μgr an. Dies hatte der Chefarzt auch bei mir so vorgesehen gehabt. Doch leider kam es mir vor, als hätte man mir lediglich ein Aspirin gegeben und so schleppte ich mich in der Nacht unter Schmerzen und Tränen hoch zum Schwesternzimmer. Der Pfleger der Nachtschicht versuchte sofort einen Arzt zu holen, der mir helfen konnte. Als der Doktor eine halbe Stunde später kam, gab er mir sofort die dreifache Dosis Morphium.

Er sagte dass es nicht verwunderlich sei, dass die erste Dosis bei mir nicht gewirkt hatte. Schließlich war ich bereits bei Valoron auf einer Tagesdosis von zehn bis zwölf Tabletten. Wenn mir der behandelnde Arzt am Mittag richtig zugehört hätte, wäre es sicher nicht zu einer solch niedrigen Dosierung gekommen.

Leider hatte dieser aber auf die Stationsschwester gehört, die meinte: "Es ist üblich die Behandlung mit der kleinsten Dosis dieser Pflaster zu beginnen." Mein Körper hatte sie "Lügen gestraft".

In den Wochen des Aufenthaltes wurden meine Beschwerden immer schlimmer. Meine Mitpatienten sahen, dass ich mich immer schlechter bewegen konnte und so rieten sie mir dazu mich dafür einzusetzen einen Rollstuhl zur Verfügung gestellt zu bekommen.

Dieser wurde mir für die letzten zwei Wochen meines fünf wöchigen Aufenthaltes gestellt und dieses Mal war es ein elektrischer. Leider war dies natürlich auf Dauer keine Lösung, da dadurch meine Mobilität noch weiter eingeschränkt wurde (etwas, dass auch der Leiter der Klinik in seinem Abschlußbericht erwähnte). Eine Besserung meiner Krankheit war leider trotz der intensiven Bemühungen des gesamten Pflegepersonals nicht zu erkennen und nicht spürbar.

Ich hatte eher das Gefühl es sei wieder so schlimm wie es vor der letzten OP gewesen war. Trotz des Einsatzes des Klinikleiters Prof. Dr 16 genehmigte mir meine Krankenkasse keinen weiteren Aufenthalt in seiner Klinik. Also war ich erneut mir selbst überlassen als ich wieder daheim war.

Zu dieser Zeit nahm ich die Verbindung zu Antje wieder auf, die mich ebenso vermißt hatte, wie ich sie. Wir blieben für ungefähr einen Monat in regelmäßigem Telefonkontakt doch ich mußte ja etwas unternehmen um eine Verbesserung meiner Symptome zu erreichen. So fuhr ich nach München, denn von dort ansässigen Ärzten hatte ich gehört, sie würden neue Behandlungsmethoden erforschen und anwenden.

Nur weil ich immer noch nicht die Hoffnung aufgegeben hatte, eines Tages wieder normal laufen zu können, nahm ich die lange Fahrt auf mich.

Kapitel 16

München - Hamburg
Hilfe oder Hoffnungslosigkeit

Auch in dieser Zeit schlief der Kontakt zu Antje wieder ein. Obwohl ich mich nach ihr und unseren Gesprächen sehnte, hatte ich doch Angst wieder enttäuscht zu werden. Sie war eine Frau - und Frauen waren erfahrungsgemäß **schlecht**. So hatte ich es in Kopf und Herz abgespeichert.

Aus diesem Grund beruhigte ich mein Gewissen, indem ich mir immer wieder einredete, es würde schon nicht so schlimm für sie sein, da wir uns ja noch nie gesehen, umarmt, geküßt oder in die

Augen geschaut hatten.

Den Weg nach München trat ich mit der Bahn an, denn meine Schmerzen waren so schlimm und meine Medikamentendosierung so hoch, dass ich nicht mehr Auto fahren wollte. Während der Zugfahrt bemerkte ich einen neuen, stechenden, brennenden Schmerz in meinem linken Bein.

Anders als der Schmerz den mein Kreuz in meinem Bein verursachte, verlief dieser an der Innenseite des Beines und wurde auch nicht durch Verlagerung besser.
In München angekommen nahm ich mehrere Wege auf mich um in die verschiedenen Praxen der dortigen Spezialisten zu gelangen. Mittlerweile war der Schmerz so extrem, dass ich das Bein nicht einmal mehr gerade durchstrecken konnte.

Beim ersten Arzt angekommen, meinte er, dass dieser Schmerz nicht vom Rücken kommen könne und so schickte er mich vorsorglich zu einem Radiologen. Nach der Auswertung der Bilder wurde mir mitgeteilt, dass ich erneut einen Bandscheibenvorfall hatte!

Der Befund wurde meinem überweisenden Arzt vorgelegt. Er entschloß sich daraufhin mir sofort eine Spritze mit schmerzstillenden Mitteln direkt in die Lendenwirbelsäule zu geben. Eine sehr schmerzhafte Angelegenheit die mir keinerlei Besserung brachte, was ich aber schon hinlänglich kannte.

Schock über Schock kam zu dieser Zeit über mich. Die letzte OP lag gerade erst 6 Wochen hinter mir und nun schon wieder der nächste Bandscheibenvorfall. Ich fragte mich ernsthaft, was man mir alles angetan hatte. Wie konnte es sein, dass immer wieder dieselbe Bandscheibe betroffen war? Tief enttäuscht verliess ich das wunderschöne München.

Leider hatte ich zu dieser Zeit kein Interesse mehr mir dort die Umgebung anzusehen. Mir war alles vergangen denn auch mit diesem Befund war mir nicht geholfen.

Meine Schmerzen waren nach wie vor stark. Sie wurden sogar schlimmer und es fühlte sich an, als würde der Schmerz von unten das Bein hinauf wandern. Jede Berührung tat weh. Nachts wurde ich bei jeder Bewegung mit unerträglichen Schmerzen wach und so "erwachte" ich morgens totmüde, wie gerädert und mit Tränen in den Augen.

Ich kroch in meiner Wohnung von einem Zimmer zum anderen und dies meine ich nicht sprichwörtlich. Selbst der Toilettengang war mir nur auf allen vieren möglich.

Fast auf den Tag genau eine Woche nachdem ich aus München zurückgekehrt war, kam meine Mutter zu mir zu Besuch. Sie hatte nun oft genug gehört wie schlecht es mir ging und wollte mit mir den Grund für die Schmerzen in meinem Bein ergründen.

Zunächst fuhren wir in die nahe gelegene Orthopädische Klinik in der ich drei Jahre zuvor schon einmal behandelt und als Simulant abgestempelt worden war. Die Ärzte dort nahmen eine Untersuchung an mir vor die bei Wirbelsäulenerkrankungen üblich ist.

Diese führte jedoch zu keiner Diagnose. Statt dessen wurde mir gesagt, ich solle mich in der Klinik vorstellen, welche mich zuletzt operiert hatte. Ferner wurde ich auf eine noch offene Rechnung bezüglich meiner letzten "Behandlung" hingewiesen.

Ein erneuter Beweis dafür, dass das "WIRTSCHFTSUNTERNEHMEN Klinik" mehr Wert auf positive Bilanzen legt, als darauf Patienten mit akuten Schmerzen zu helfen. Solange nur die Kasse stimmt, ist es nicht relevant in wie weit man dem einmal abgelegten und anscheinend bereits vergessenen Eid Folge leistet.

In der Zwischenzeit hatte mir meine Mutter Krücken besorgt, damit ich mich zumindest etwas leichter fortbewegen konnte, dies war das einzig Produktive an diesem Tag.
In der Klinik H angekommen stellte ich mich unten in der Ambulanz vor. Mein Bein war mittlerweile gerötet, geschwollen und heiß. Meinen Fußknöchel konnte man vom Rest des Schienbeins nicht mehr unterscheiden.

Wir mussten ungefähr eine Stunde warten bis endlich ein Arzt Zeit für mich hatte. Der Assistenzarzt von Dr. 16 führte mich in ein Untersuchungszimmer. Gestützt auf ihn und einen Pfleger humpelte ich dort hinein.

Auf dem Weg dorthin fragte er mich : "Was können wir für sie tun Herr Jakob?" Ich sagte ihm:" Nehmen sie mir meine Schmerzen aber bitte ohne mich nochmal zu operieren!" Daraufhin sagte er kurz und bündig: "Wenn sie sich nicht operieren lassen wollen, was wollen sie dann hier?" Wäre er ehrlich gewesen, hätte er eben so gut sagen können: "Wenn wir an ihnen nichts verdienen können, dann gehen sie doch gefälligst woanders hin."

Bei der Untersuchung nahm er mein Bein hoch aber so schnell wie er es hob, so schnell wie er versuchte es anzuheben mußte er es auch wieder loslassen. Die Tränen rannen meine Wangen herunter und ich war nicht mehr in der Lage einen klaren Gedanken zu

112

fassen, da die Schmerzen so unvorstellbar waren.

Meine Mutter war bei dieser Untersuchung dabei und beobachtete jeden meiner schmerzverzerrten Gesichtszüge.

Ich war nun wirklich über Jahre hinweg starke Schmerzen gewohnt - aber dies war eine neue Schmerzdimension!

Um noch einmal zu rekapitulieren: Ich nahm zu dieser Zeit Durogesik Pflaster, zusätzlich Valoron und Novalgin. Ein gesunder Mensch würde bei dieser Kombination von Schmerzmitteln und Opiaten ins Koma fallen. Bei mir jedoch waren die Schmerzen noch immer so stark, dass ich weinen mußte - ob ich wollte oder nicht.

Nachdem der Assistenzarzt mit dieser Untersuchung kein Ergebnis erzielte ging er noch einmal mit den Befunden der letzten OP zu Dr. 16 dem Chefarzt der Chirurgie. Es verging geraume Zeit und als er wiederkam sagte er: "Herr Jakob, ich habe mit Dr. 16 gesprochen und auch er meint, es könnte sich eine Entzündung an der Wirbelsäule gebildet haben." Er riet mir dazu mein Blut untersuchen zu lassen denn mehr könnte er für mich momentan nicht machen.

Zu dieser Zeit reichte es nicht mehr, dass ich die Medikamente nur mit einem Bier "herunter spülte". Um die Schmerzen zu ertragen konnte man schon sagen, ich würde an "der Flasche hängen." Ich trank bereits zum Frühstück statt Kaffee einen doppelten Rum mit etwas Cola.

Ich habe diese Zeit zugegebenermaßen mehr im Rausch zugebracht als dass ich nüchtern war. Aber dadurch konnte ich Nachts zumindest zwei - oder drei Stunden schlafen. Ich wußte es zwar nicht, aber scheinbar hat mir gerade das damals das Leben gerettet, denn der Alkohol hatte meine Blut so verdünnt, dass ich überlebte, obschon ich zu dieser Zeit manchmal tatsächlich lieber gestorben wäre.

Mein Körper war ein einziger Schmerz der eigentlich gar nicht mehr zu mir gehörte, bzw. von dem ich mich distanzieren wollte und mußte.

Trotz der Aussage von dem Assistenzarzt versuchten wir auch bei anderen Ärzten eine Ursache für meine Schmerzen herauszufinden. Alles ohne Erfolg.

Selbst der Arzt meiner Mutter, zu dem sie absolutes Vertrauen hatte und der mich zu diversen Spezialisten überwiesen hatte, war - nachdem er alle Befunde erhalten hatte - mit seinem Latein am Ende.
Völlig hilflos schmierte er mir etwas Cortisonsalbe auf mein Bein und meinte: "Das wird schon wieder." Doch trotz aller gut gemeinten "Hausmittelchen", sowie sämtlicher Schmerzmittel wurde mir in keinster Weise Linderung verschafft.

Ich lernte damals einige neue Leute im Internet kennen, denn Antje war leider nie mehr online. Außerdem regte sich mein Gewissen, da ich mich während der ganzen Wochen nicht bei ihr gemeldet hatte. Eine dieser Personen in einem sogenannten Schmerzforum (das ist ein Online "Raum" in dem sich betroffene Personen zum Erfahrungsaustausch treffen") empfahl mir eine Klinik in Hamburg.

Da es nun mittlerweile sechs Wochen her war, dass die Schmerzen im Bein anfingen und mir keine Therapie, kein Medikament und auch sonst nichts geholfen hatte sie zu lindern, hatte ich nichts zu verlieren.

Kurz entschlossen setzte ich mich also ins Auto. Ich legte mein linkes Bein auf das Armaturenbrett (es war ein Automatikfahrzeug) denn je höher ich es lagerte umso erträglicher wurde es mit den Schmerzen.

Eigentlich hatte dieser Arzt in Hamburg einen guten Ruf in Bezug darauf Bandscheibenoperierte zu behandeln. Er hatte sich darauf spezialisiert Katheter in den schmerzenden Bereich der Wirbelsäule einzuführen. Durch diesen Katheter wird dann Schmerzmittel in hochkonzentrierter Form eingespritzt und bildet einen Vorrat um den Bandscheibenvorfall herum, der für ungefähr zwei Wochen Linderung bringen soll.

Dieser Vorgang wird dann innerhalb einer Woche täglich wiederholt bis der Patient endlich schmerzfrei ist. Diese Behandlung soll angeblich bis zu drei Monate Beschwerdefreiheit bringen. Doch so weit sollte es bei mir nicht kommen.
Ich stellte mich nach einer sehr anstrengend Fahrt bei Dr. 19 in der Praxis vor.

Nach einer eingehenden Untersuchung wollte er, dass ich nochmals von einem Radiologen untersucht werde. Hierfür schickte er mich in die Innenstadt von Hamburg. Dieser Radiologe hatte enorme Schwierigkeiten mich überhaupt in die Röhre hinein zu bekommen, da es mir unmöglich war mein linkes Bein ausgestreckt auf die Trage zu legen.

Also versuchten sie mich ganz vorsichtig hinein zu schieben und achteten dabei darauf, dass meine Schmerzen in einem erträglichen Maße blieben. Nach dem die Untersuchung abgeschlossen war

115

stellte er denselben Bandscheibenvorfall fest der auch schon in München diagnostiziert worden war.

Im Laufe des Tages hatte sich mein Bein intensiv verfärbt. Es war dunkelblau geworden und sah nicht mehr so aus, als würde es Bestandteil eines menschlichen Körpers sein. Langsam bekam ich richtige Angst. Irgendwer mußte mir doch **verdammt noch mal** helfen können!

Obwohl ich wußte, dass Dr. 19 am Nachmittag eigentlich keine Sprechstunde hatte, fuhr ich zu ihm und ich hatte Glück. Ich traf ihn - nachdem ich mich aus dem Auto gequält und mit Krücken auf die Praxis zugehumpelt war - vor der Tür seiner Räumlichkeiten an, denn er war gerade im Begriff zu gehen.

Ich zeigte ihm kurz den Bericht des Radiologen und zeigte ihm darüber hinaus wie sehr sich mein Bein verfärbt hatte. Er sagte zu mir: "Bevor wir morgen den Katheter setzen, werden wir Sie noch auf alle Fälle auf eine Thrombose hin untersuchen lassen."

Ich erlebte noch eine grauenhafte Nacht in Hamburg denn immer wenn ich mich lang legen wollte hatte ich solche Schmerzen, dass mir die Tränen in die Augen schossen und ich am liebsten laut geschrieen hätte.

Da ich die Nacht kaum ein Auge zugetan hatte war ich schon sehr früh am nächsten Morgen in der Klinik. Der Arzt der die Venenuntersuchung vornahm war ein älterer Herr, namens Dr. 20 der sehr einfühlsam mit mir sprach. Heute glaube ich, er wusste bereits bei seiner ersten Untersuchung worunter ich litt und wollte mich möglichst schonend auf das vorbereiten was dann kommen sollte.

Er hörte keine Venenaktivität in meinem linken Bein und das klang selbst für mich als Laien besorgniserregend. Da auch Herr Dr. 20 nicht sehr glücklich aussah, sank meine Stimmung auf den Nullpunkt. Er sagte zu mir: "Weitere Untersuchungen können wir hier in ihrem Bett nicht vornehmen. Als nächstes müssen wir eine Phlebographie machen." Ich wurde hierfür hinunter in die hauseigene Röntgenabteilung geschoben, denn auf eigenen Füßen zu gehen war zu diesem Zeitpunkt bereits für mich unmöglich.
Dort unten angekommen dauerte es keine zwei Minuten bis die Tür zur Röntgenpraxis aufging.

Ich wurde also dort hineingeschoben und sollte aus meinem Bett aufstehen um mich auf einen Tisch zu stellen, der wie eine Trage senkrecht nach oben stand. Ich kam vor Schmerzen kaum aus dem Bett, da halfen auch alle Bewegungstechniken nichts, die man lernt nachdem man an der Wirbelsäule operiert wurde.
Also wurde ich jetzt von zwei Schwestern und dem Arzt gestützt um mich dann auf den Tisch zu legen.

Dort angekommen band man mich fest und gab mir ein Holzstück, welches ich mir zwischen die Zähne klemmen sollte. Ich hatte zwar nicht verstanden wozu das dienen sollte, doch es ging mir nicht gut genug um noch groß Fragen stellen zu können.

Der Arzt fragte mich kurz nach meinen Beschwerden und ich erzählte ihm wie sich der Schmerz äußerte, welcher Art er war und seit wann ich ihn hatte. Dann begann er mit der Untersuchung. Sollte ich zuvor gemeint haben, dass die Untersuchung im Krankenhaus H bereits das Schmerzlimit gewesen sei, so wurde ich spätestens hier und heute eines besseren belehrt.
Er nahm eine Kanüle und stach mir die lange Nadel oberhalb des linken grossen Zehs ein.

Anschließend nahm er eine Spritze mit ungefähr fünfhundert Milliliter Kontrastmittel und spritzte mir dies langsam ein, nachdem er mir zuvor das Bein unterhalb des Knies abgeklemmt hatte. Ich schrie vor Schmerz denn ich dachte wirklich mein Bein würde platzen.

Jetzt wusste ich für was das Holzstück gewesen sein sollte. Kurze Zeit später löste er die Bandage unter dem Knie und band das Bein am Oberschenkel ab. Er nahm eine neue Spritze mit mindestens ebenso viel Flüssigkeit wie zuvor und spritze auch diese in mich hinein.
Zwischendurch machte er immer wieder Röntgenaufnahmen doch auch dieses mal schrie ich erneut auf, lauter als zuvor. Ich hatte das Gefühl als würde der Schmerz nicht enden wollen und als ob es wirklich dazu käme, dass meine Venen und Adern platzen würden. Alle Schmerzen der vorangegangenen Tage waren ein Lacher gegen das, was ich jetzt gerade erleben musste.

Nachdem ich auch diese Spritze überstanden hatte, ließ er endlich von mir ab. Eine der Schwestern brachte mir sofort ein Taschentuch damit ich meine Tränen trocknen konnte. Innerlich war ich so aufgedreht, dass ich am ganzen Körper zitterte.

Die beiden Schwestern holten mein Bett herein und stellten es genau neben diese "Foltermaschine", der ich gerade entkommen war, so dass ich mich mit ihrer Hilfe in mein Bett herüber rollen konnte.

Dann wurde ich hinaus auf den Flur gefahren. Bis hier her hatte ich Dr. 19, der mir eigentlich heute den Katheder setzen sollte an diesem Tag noch nicht gesehen.
Jetzt aber kam er auf mich zu, begrüßte mich kurz und ging weiter um den Röntgenarzt zu sprechen. Beide zusammen kamen mit

nachdenklichen Gesichtern zu mir ans Bett. Sie betrachteten mich mit gerunzelter Stirn und so fragte ich schließlich: "Und - was ist nun los mit mir?" Der Radiologe sagte ungläubig: "Sie haben diese Beschwerden schon seit ungefähr sechs Wochen und alle Ärzte bei denen sie waren, sagten ihnen, dass diese Beschwerden von der Wirbelsäule herrühren würden?"

Er schüttelte den Kopf und meinte: "Leider stimmt das nicht Herr Jakob, denn Sie haben eine tiefe Beinvenenthrombose die vom unteren Knöchel bis kurz vor die Leiste geht. Wären Sie vier Wochen eher zu mir gekommen, hätte ich Ihnen noch helfen können, aber leider sitzt die Thrombose jetzt schon zu fest. Die ersten Gefäße sind so beschädigt, dass sie sich auch nicht wieder regenerieren werden, so leid es mir für Sie tut."

Mir liefen erneut die Tränen übers Gesicht, ich sah auf mein Bein und konnte es nicht fassen. Das war ein so eindeutiger Befund und keiner der ach so gebildeten Ärzte die ich in den vergangenen Wochen deswegen konsultiert hatte, war in der Lage gewesen, dies zu erkennen. Aber der nächste Satz von ihm sollte mir noch mehr Angst machen als das, was er mir bis dahin schon gesagt hatte.
"Herr Jakob - Ihre Blutwerte sind so schlecht, dass ich Ihnen maximal noch 24 Stunden gegeben hätte, - ohne Behandlung wäre es bei Ihnen zu einer Embolie oder gar zu einem Hirnschlag gekommen."

Mir gingen viele Gedanken durch den Kopf. "Ich lebte allein, wer hätte mir geholfen? Wofür haben diese Ärzte eigentlich studiert? Wieso hat das keiner erkannt? Was hätte auf der Fahrt nach Hamburg alles passieren können? Was passiert jetzt mit meinem Bein? Wie soll es weitergehen?"
Meine Traurigkeit wich unbändiger Wut - Wut auf Ärzte, Kliniken und sogenannte Fachidioten die mir alle einreden wollten, meine

Schmerzen kämen vom Rücken.

Nachdem wir uns unterhalten hatten wurde ich an einen Dauerkatheter mit der 1 - Million fach höheren Dosis des blutverdünnenden Medikamtes Heparin gelegt, welches sonst frisch Operierte in einfacher Spritzenform erhalten. Dies geschah, damit mein Blut so schnell wie möglich verdünnt wurde. Außerdem wurden mir Thrombosestrümpfe angezogen, dies sind Strümpfe die enger anliegen als es einem lieb ist, damit die Venen komprimiert werden.

So unangenehm es auch war, dieses und eine nochmalige Erhöhung meiner Schmerzmittel verschaffte mir das erste Mal seit langer Zeit ein wenig Linderung. Zum ersten Mal konnte ich endlich in der Nacht fünf Stunden durchgehend schlafen.

Es war Hochsommer und im Jahre 2003 war er so heiß, dass die Hamburger Angst hatten, die Alster könnte "umkippen". Durch die unerträgliche Hitze war nicht mehr genug Sauerstoff in den Flüssen und sie drohten, nur noch Algen zu produzieren.

Man kann sich also lebhaft vorstellen, wie unerträglich es für mich war, unter diesen Bedingungen den engen Strumpf zu tragen. Kein Lüftchen ging in den Krankenzimmern, obschon selbst die Schwestern alle Türen und Fenster aufgerissen hatten.

Mir war, als würde ich doppelt und dreifach bestraft für etwas, an dem ich keine Schuld hatte. Zwar wußte ich nun, woher meine Beschwerden kamen und ich war froh überhaupt noch am Leben zu sein, doch meine anfängliche Hoffnung wich langsam aber sicher der Verzweiflung. Mein Leben lief in den vergangenen Jahren nun nicht gerade so, wie ich es mir ursprünglich vorgestellt hatte.

Mit den Beschwerden im Rücken hatte ich mich zu diesem Zeitpunkt abgefunden aber nun kam noch etwas Neues dazu. Ein weiterer Teil meines Körpers war auf Dauer geschädigt worden, ohne Chance auf Heilung. Und dazu kam, dass sich keiner dafür verantwortlich fühlte.

Die Perspektive die ich aus dieser Klinik mitnahm war, dass ich den Rest meines Lebens auf diese Blutverdünner angewiesen sein würde und Kompressionsstrümpfe tragen mußte. Durch die Einnahme des Blutverdünners wurde ich von nun an quasi zum Bluter. Ein Unfall oder eine größere Verletzung konnten für mich tödlich sein. Vor jedem, eventuell lebenswichtigen Eingriff müßte ich wichtige Zeit verstreichen lassen um erst mal von Marcumar auf Heparin umgestellt zu werden.

Kapitel 17

Positiv in die Zukunft blicken trotz Schmerzen

Vieles ist in den vergangenen Jahren geschehen mit dem ich in dieser Form nie gerechnet hätte. Meine Gesundheit, das höchste Gut im Leben eines Menschen, war bei mir durch mangelhafte ärztliche "Behandlungen" zu Grunde gerichtet worden.

Doch ich wollte nicht aufgeben, denn schließlich sagte ich mir: "Es gibt genug Menschen denen es noch tausendmal schlechter geht als mir." Dies ist zwar keine wirkliche Hilfe aber es rückt die Betrachtungsweise wieder in das rechte Licht, so dass man sich selbst mit seinen Schmerzen nicht mehr zu wichtig nimmt .

Zwar war mein Vertrauen in die Ärzte, die bei uns im Sauerland ansässig sind, schwer in Mitleidenschaft gezogen worden aber ich befand mich ja nun in Hamburg und wollte auch von diesen Ärzten weiter behandelt werden. Aus diesem Grund ließ ich mich auch dort auf dieses neue Medikament (Marcumar) einstellen. Das

Einstellen, bei dem mir unter Verabreichung verschiedener Dosierungen jeden zweiten Tag Blut abgenommen wurde um den aktuellen Gerinnungswert zu ermitteln, dauerte ungefähr zwei Monate.

Dann wußte ich genau wie mein Körper auf Marcumar reagiert. Mein damaliger Hausarzt nahm bei mir zusätzlich ein Blutscreaning vor, aus dem man erkennen konnte, dass ich einen genetischen Defekt hatte. Spätestens jetzt war es absolut endgültig, dass ich den Rest meines Lebens auf diese Blutverdünner angewiesen sein würde.

Niemals zuvor hatte ein Arzt mein Blut auf derartige Defekte untersucht. Normalerweise sollte die Thrombosewahrscheinlichkeit vor jeder Operation überprüft werden. Ausnahmsweise hatte ich einmal Glück gehabt, denn die Thrombose hätte bei jeder vorangegangenen Operation entstehen können, was bei Nicht-Erkennung voraussichtlich zu meinem Tod geführt hätte.
Leider sagte mir der Arzt damals auch, dass die Venenklappen, die dafür sorgen, dass das Blut wieder aus dem Bein gepumpt würde, bei mir zerstört waren. Aus diesem Grund muss ich möglichst oft die Kompressionsstrümpfe tragen.

Wenn ich dies mal einige Zeit versäume, dann erinnert mich spätestens mein geschwollenes und blau verfärbtes Bein daran, dass ich etwas vergessen habe. Ebenso werde ich durch einen pochenden Schmerz darauf aufmerksam gemacht.

Trotz dieser gravierenden Veränderung, was meinen Gesundheitszustand betrifft, hatte ich doch vor, mich nicht einfach hängen zu lassen. Das war auch ein Rat von meinem Hausarzt. Er meinte eine Luftveränderung würde mir bestimmt helfen, mit der neuen Situation klar zu kommen. Immerhin war ich zu diesem

Zeitpunkt gerade mal 31 und hatte hoffentlich noch viele Jahre vor mir.

Also buchte ich kurzerhand einen Urlaub. Da ich aber nicht allein fliegen wollte, buchte ich für meine Mutter gleich mit. Wir flogen nach Tunesien, und erlebten dort gemeinsam zwei wunderschöne Ferienwochen.

Das Meer und die Sonne taten ihr übriges um unsere Stimmung aufzuhellen. Nach all den Jahren die meine Mutter zu mir gehalten hatte, und nach all den Strapazen die sie auf sich genommen hatte, um mich zu begleiten aber auch um mir zu helfen, war ich es ihr schuldig. So konnte ich ihr zumindest einen kleinen Teil der Liebe und Fürsorge die sie mir stets entgegengebracht hatte, zurückgeben.

In diesem Urlaub begann ich auch wieder Antje zu schreiben. Sie war die Frau, die mir in den ganzen Monaten nie aus dem Kopf gegangen war. Ich hatte sie zwar zwischen durch immer wieder auf den neuesten Stand gebracht wie es mir gesundheitlich ging aber natürlich wußte ich nicht, wie sie sich mir gegenüber verhalten würde, wenn ich mit ihr eine Beziehung eingehen wollen würde. Außerdem war da ja auch immer noch die Angst, wieder enttäuscht zu werden, wie die Male zuvor.

Doch ich sollte schon kurze Zeit später merken, dass all meine Befürchtungen bei ihr unbegründet und absolut fehl am Platze waren.

Kapitel 18

Die Wahre Liebe

Witziger Weise schrieb ich Antje die erste Sms seit längerem zufällig am 18. September. Was ich nicht wußte war, dass sie an diesem Tag Geburtstag hatte. Sie freute sich total, wieder etwas von mir zu hören und fragte gleich in der nächsten SMS wie es mir denn gehen würden.

Da ich mich aber zu dieser Zeit in Tunesien befand und nicht so ausführlich schreiben konnte und wollte, versprach ich ihr, mich sobald ich wieder in Deutschland sei, bei ihr zu melden. Sie war sofort damit einverstanden und wir beließen es bei: "Ich freue mich auf Dich und denke an Dich, bis bald."

Leider kam es dann doch wieder anders als ursprünglich gedacht. Der Alltag hatte mich nach unserer Rückkehr in den Deutschen Winter ziemlich schnell wieder eingeholt. Zudem kam, dass ich nach dem Urlaub zu dem Entschluß gekommen war, das Morphium abzusetzen, etwas das sich als sehr schwierig erweisen sollte.
Aber ich mußte etwas machen, denn mein Körper rebellierte jedes Mal heftiger nach der Einnahme.

124

Mir war schlecht und ich übergab mich so oft, dass mir bereits bei der kleinsten Berührung der Magen schmerzte. Ernährungstechnisch behielt ich kaum noch etwas bei mir und so kam es, dass ich rund 15 Kilo abnahm. Bei einer Körpergröße von 1.83 cm (vor den OP´s waren es 1.86 cm) wog ich gerade noch 60 kg.

Ich hatte nicht einmal meinem Arzt etwas davon gesagt und machte zwei Wochen einen eiskalten Entzug durch. Ich krümmte mich, als wollte mein Körper all die Schmerzmittel herauspressen. Kalter Schweiß lief mir über die Stirn und ich habe in dieser Zeit unheimlich viel phantasiert. Die meiste Zeit verbrachte ich in einer Art Dämmerzustand - der Fernseher oder die Musikanlage liefen im Hintergrund - aber fragen sie mich bitte nicht nach einem Film den ich sah. Ich habe kaum Erinnerung an diese Zeit, denn ich war wie weggetreten. Doch nach 14 Tagen ging es mir einigermassen gut. Zwar nahm ich während dieser Zeit natürlich noch Schmerzmittel, wie z. B. Valoron, aber ich war endlich weg vom Morphium.

Arztbesuche waren an der Tagesordnung und meine Ex - Frau machte mir das Leben zur Hölle indem sie mir bei sämtlichen Besuchsterminen Steine in den Weg legte. Mal durfte ich Bianca nicht holen, weil sie auf einem Kindergeburtstag eingeladen sei, mal war sie angeblich krank.

Und so musste ich wieder einmal meinen Anwalt einschalten, der nun dafür sorgen sollte, dass ich das alleinige Aufenthaltsbestimmungsrecht für meine Tochter bekommen würde, zumal mir diese auch berichtete, dass ihre Mutter sie schlug, ins Zimmer sperrte und ihr regelmäßig Männer als "neuen Papa" vorstellte.

Immer wieder zeigte mir mein Körper, dass er mir jede Form von

Streß übel nahm. Ich bekam ständig schlimmere Schmerzen und die Tagesration an Schmerzmitteln wuchs in dieser Zeit auf Rekordhöhe. Ich bekam damals Valoron 150 mg, dass entspricht 150 Tropfen pro Tablette. Von diesen Tabletten nahm ich zwischen zwölf und fünfzehn Stück pro Tag, eine Dosis die normalerweise jeden Elefanten lahm gelegt hätte.

Mich hingegen haben sie lediglich aufgeputscht und ich wurde eher hyperaktiv, was natürlich dann zur Folge hatte, dass meine Schmerzen wieder schlimmer wurden, da ich meinem Körper zuviel zumutete. Es war ein reiner Teufelskreis aus dem ich irgendwann herauskommen wollte und mußte, wenn ich noch etwas länger leben wollte.

Leider mahlen die Mühlen der Gerichte ziemlich langsam und so zog sich der Prozeß um meine Tochter sehr in die Länge. Wann immer sie denn doch mal bei mir sein konnte, weinte sie und sagte immer wieder: "Papa ich möchte bei Dir bleiben, für immer."
Es zerriß mir jedes Mal das Herz wenn sie so etwas sagte, denn ich wußte, dass ich darauf momentan keinen Einfluss hatte.

Also konnte ich nur beruhigend auf sie einreden und ihr versprechen mein Möglichstes zu tun um diesem Drama endlich ein Ende zu machen.
Über diese ganzen Alltagssituationen waren die Gedanken an Antje wieder in den Hintergrund getreten. Außerdem hatte ich, da es nun wieder einige Wochen her war dass wir uns geschrieben hatten, ein derart schlechtes Gewissen, dass ich mich bei ihr lieber überhaupt nicht mehr melden wollte. Ich dachte es wäre das Beste sie zu vergessen, denn sicher hielt sie mich für einen unzuverlässigen Pflegefall, der nie sein Wort hält.

Dann kam der 24. Dezember. Ich war mitten in den Weihnachtsvorbereitungen da ich am Abend Bianca abholen konnte, als plötzlich mein Festnetztelefon klingelte. Am anderen Ende war Antje! Sie fragte nichts, sondern sagte nur nach einer kurzen Pause zwei Sätze:

"Du bist also wieder zuhause und nicht mehr im Krankenhaus. Dann sage ich mal danke Du Arschloch, dass Du Dich bei mir nicht gemeldet hast." Dann legte sie auf.

Ich war sprachlos, denn mit allem hatte ich gerechnet aber nicht damit, an diesem speziellen Tag von ausgerechnet Antje zu hören. Mein Gewissen meldete sich und wäre Antje bei mir gewesen, sie hätte sehen können, wie mein Gesicht innerhalb kürzester Zeit von leichenblaß zu schamesrot wechselte.
All meine Versprechungen fielen mir wieder ein und wie schäbig ich mich verhalten hatte, indem ich sie immer wieder vertröstete, ihr aber andererseits auch stets neue Hoffnung gemacht hatte. Das muß für sie ein einziges hin und her, bzw. auf und ab gewesen sein. Aber das ist normalerweise nicht meine Art, denn ich bin lieber ehrlich nur bei ihr konnte ich dass irgendwie nicht sein.

Weihnachten war dadurch für mich erledigt. Ich freute mich zwar über meine Tochter und das Gesicht, welches sie beim auspacken der Geschenke machte, aber in Gedanken war ich doch in Hamburg - bei Antje.
"Sie hat ja Recht", dachte ich bei mir "aber hätte sie dass nicht auch netter sagen können?" Nein es war absolut in Ordnung mich so zu betiteln - ich hatte ihr nicht einmal ein frohes Fest gewünscht. "Warum hast Du Ihr nicht ne SMS oder e-Mail geschrieben, in der Du ihr Deine Situation erklärst?", überlegte ich als nächstes. Und genau das tat ich dann auch.

Allerdings brauchte ich ungefähr noch zwei weitere Wochen um die richtigen Worte zu finden - wenn man die in einer solchen Situation überhaupt finden konnte. Aber ich wollte ihr erklären, warum ich mich nicht melden konnte, und da fing es schon wieder an - ich belog mich ja selbst, denn ich hätte ihr trotz allem jederzeit schreiben können.

Es war wirklich nicht leicht für mich, denn Ausreden findet man eigentlich immer, nur ich wollte mich ja gar nicht verteidigen, ich wollte diese Frau zurück gewinnen, wenn ich sie denn je besessen hatte. Sie war etwas ganz Besonderes und das wurde mir leider erst jetzt, wo ich sie vielleicht für immer verloren hatte, bewußt.
Wie oft war sie für mich da, wenn auch nur per Telefon, wenn ich mal wieder vor Schmerzen nächtelang nicht schlafen konnte!?
Wie oft hatte sie mich aufgemuntert und sich bemüht mir Kraft zu geben, hatte mich erfolgreich abgelenkt, in dem wir über die verschiedensten Themen sprachen und nicht über meine Krankheit.

Ja sie war es wert um sie zu kämpfen und genau das tat ich nun. Ich legte ihr ohne "wenn und aber" dar, dass ich einen "riesen Bock" geschossen hatte indem ich sie belogen hatte und unter fadenscheinigen Ausreden immer wieder vertröstete. Ich glaube so ehrlich war ich schon lange nicht mehr zu einer Frau, wie in dieser e-Mail an Antje.

Und der Erfolg gab mir Recht. Einen Tag später hatte ich eine Antwort von ihr in meinem elektronischen Briefkasten. Zwar war mir klar, dass da noch einiger Erklärungsbedarf war und sie mich nicht so leicht davon kommen lassen würde aber zumindest hatte ich eine Chance von ihr bekommen, es zu erklären.

Obschon sie versuchte, kühl und gekränkt zu antworten, las ich doch etwas, wie Wärme und Liebe in ihrer Mail. Ich wußte spätestens jetzt genau, dass mir diese Frau sehr viel bedeutet und ich sie auf keinen Fall verlieren durfte.

Ich rief sie an und wir telefonierten ungefähr vier Stunden. Obschon ich sehr schön geschrieben hatte, fehlten mir doch auf einige Fragen ihrerseits die Worte. Für gewisse Vorwürfe von ihr gab es auch keine Entschuldigung. Was ich aber wußte war, dass ich sie unbedingt so schnell als irgend möglich sehen mußte.
Lange Terminplanungen gehen ja meistens in die Hose und so beschloß ich, möglichst kurzfristig mit ihr ein Date auszumachen. Oft genug hatte ich ihr gesagt "ich komme zu Dir" und immer kam etwas dazwischen.
Doch dieses mal wollte ich mich durch nichts und niemanden davon abhalten lassen.

Ich rief sie am nächsten Nachmittag an, es war ein Montag und fragte, was sie denn am Dienstag machen würde. Glücklicherweise hatte sie Zeit und so vereinbarten wir, dass ich am nächsten Abend zu ihr kommen würde.
Aber auch dieser Besuch stand unter einem schlechtem Omen, sofern man an so etwas glaubt. Es schneite bei uns den ganzen Tag und die Räumdienste kamen kaum bis zu den Autobahnen durch. Ich wollte und mußte aber dieses Mal nach Hamburg. Also setzte ich mich Nachmittags ins Auto und fuhr los. Bis Bielefeld, was von uns sonst in einer Stunde zu erreichen ist, brauchte ich damals schon zweieinhalb Stunden.

In Gedanken sah ich sie bereits wieder vergeblich auf mich warten. Schnee und Glatteis gefährdeten den Verkehr, wie man so schön sagt aber ich fuhr trotz aller Gefahren weiter.

Nach Hannover wurde die Autobahn frei und ich kam doch noch fast pünktlich in Hamburg an. Es war ein unbeschreiblich schöner

Moment als wir uns nach all den Monaten das erste Mal sahen. Zwar war die erste Berührung eher schüchtern und zurückhaltend aber das war ganz richtig so, denn wir mußten uns ja erst langsam kennenlernen um zu erfahren, wie der Andere wirklich ist.

Sowohl Antje, als auch ich hatten in der Vergangenheit oft genug die Erfahrung gemacht, dass das wie ein Mensch am Telefon wirkt und wie er dann tatsächlich ist, sehr voneinander abweichen kann. Der Abend verlief jedoch wunderbar. Wir öffneten eine Flasche Sekt und redeten und redeten und redeten. Wir vergaßen total die Zeit um uns herum und waren überglücklich, dass wir einander gefunden hatten. Auch die Nacht war unbeschreiblich. All das was ich an Liebe für sie empfunden hatte konnte ich ihr nun zeigen.

Es war nicht nur eine Liebelei, im Gegenteil bei mir flatterten Schmetterlinge im Bauch. Leider mußte ich am nächsten Morgen wieder zurückfahren, da ich noch einiges zu erledigen hatte, natürlich unter anderem einen weiteren Arzttermin. Doch der erste Schritt war getan, wir hatten einander gesehen und wußten nun wie wir zueinander stehen.

All die Vertrautheit der vergangenen Monate war nicht bloß Wunschdenken sondern hier trafen zwei Menschen aufeinander, die absolut ehrlich miteinander umgehen wollten. Das war uns bereits in den ersten Stunden unseres Zusammenseins klar geworden.
Bereits nach fünf Kilometern die ich von ihr entfernt war, schrieb ich ihr, dass sie mir fehlen würde und auch das war nicht nur dahin geschrieben sondern mein voller Ernst.

Zwei Tage nach unserem ersten Treffen sahen wir uns wieder. Zwar war diese Fahrerei nach Hamburg sehr stressig aber da ich mir dass erste Mal seit Ewigkeiten sicher war, dass es diese Frau wert war, konnten uns keine Kilometer trennen.

Kapitel 19

Antje gibt nicht auf

Sie war und ist die Frau meines Lebens, denn sie hält bis heute stets zu mir. Wir reden offen über alles und auch wenn es wieder schlimmer mit den Schmerzen wird, ist sie für mich da.

Obschon sie nun wußte, wie es um meine Gesundheit stand, hatte sie die Hoffnung nie richtig aufgegeben, dass es vielleicht doch noch irgendeinen Weg geben könne, der mir zumindest Linderung verschaffen könnte. So suchte sie immer wieder im Internet nach neuen Behandlungsmethoden wodurch sie auf eine Klinik an der Schweizer Grenze aufmerksam wurde. Dieses Krankenhaus hatte den Ruf, eine der führenden Kliniken bei Venenerkrankungen zu sein.

Trotz anfänglicher Probleme mit meiner Krankenkasse dort eine Kostenübernahme zu erreichen, gelang es dann schließlich doch. Verständlicherweise sträubte sie sich zunächst, da es sich bei dieser Klinik um eine Reha Klinik handelte und meine Krankenversicherung für solche Kliniken lediglich direkt nach einer Operation die Kosten übernimmt.

Anfang März war es dann so weit. Ich nahm die lange Reise auf mich, da auch ich mittlerweile hoffte, dass mir dort geholfen werden könne.

Dort angekommen, nach einer Fahrt von ungefähr sieben Stunden, konnte ich mein Zimmer beziehen. Bereits eine Stunde später sollte die erste Untersuchung anstehen, die von der Stationsärztin vorgenommen wurde. Doch leider konnte sie mir noch nichts über das anstehende Behandlungskonzept erzählen.

Dies sollte am nächsten Morgen bei der Vorstellung und der eingehenden Untersuchung durch den Chefarzt geschehen. Ich merkte gleich, dass er etwas von seinem Fach verstand. Leider konnte er mir bereits nach der Untersuchung sagen, dass ich den Rest meines Lebens mehr in Reha Kliniken zubringen würde, als dass ich zuhause sei.

Auch machte er mir wenig Mut, was den positiven Behandlungserfolg betraf. Er sagte: "Leider sind die Behandlungen, die für die Venen vorteilhaft sind zum Nachteil für den Rücken". Dies war mir selbst auch schon bei ganz grundlegenden Dingen aufgefallen. So tut zum Beispiel eine gleichmäßige Wärme bis hin zur Hitze meinem Rücken gut. Für mein Bein (Thrombose) hingegen ist Wärme pures Gift.
Darum konnte ich die Zeit in Tunesien so genießen - die Luft war angenehm warm und meine Beine konnte ich im kühlen Wasser baumeln lassen - das war optimal. Ob mir die Krankenkasse wohl ein Haus mit Pool, beispielsweise auf Sardinien bezahlt? (Kleiner Scherz).

Aber zurück in die Klinik I. Ich wollte natürlich nicht sofort den "Schwanz einziehen", sonst wäre ich ja die weite Strecke umsonst gefahren. So begannen die Therapien noch am selben Nachmittag, mit Lymphdrainage und Stangerbädern sowie leichter Krankengymnastik.

Am nächsten Vormittag stand ein Bewegungsbad auf dem Terminplan, an dem ich noch teilnahm. Was dann kam, war nicht mehr so lustig, denn meine Beschwerden im Rücken wurden wie vom Arzt angekündigt schlimmer.

Bereits am ersten Tag der dortigen Behandlung hatte man mich von dem Valoron abgesetzt und gab mir nur noch Tramal und Novalgintropfen. Die Schmerzen wurden unerträglich und darum wurde ich einem nahegelegenem Schmerztherapeuten vorgestellt. Dieser bemerkte sofort, dass ich von den Schmerzmitteln her total falsch eingestellt war.

Er verordnete mir die höchste Dosierung der Valoron Tropfen, die ich noch am Abend des selben Tages das erste Mal erhielt.

Leider wurde, "dank" der Schmerzen meine Teilnahme an den Anwendungen auch am nächsten Tag so eingeschränkt, dass ich am Nachmittag dem Chefarzt sagte, dass ein weiteres Mitmachen für mich nicht mehr in Frage kam. Ich entschloss mich daher, den Aufenthalt mit Zustimmung des Arztes vorzeitig abzubrechen.
Der dortige Chefarzt leitete meine Untersuchungsergebnisse und die bisherigen MRT Bilder noch an eine befreundete Klinik in Bern weiter, die mir angeboten hatten, mich nochmals am Kreuz zu operieren. Außerdem empfahl er mir, aus der privaten Krankenversicherung auszutreten und in eine gesetzliche Krankenkasse zu wechseln, da diese auch Aufenthalte in Reha Kliniken bezahlen würde.

Was er und ich nicht bedacht hatten war, dass mich keine gesetzliche Krankenkasse mehr freiwillig aufnehmen würde. Dies resultiert aus den maßgeblichen Vorgaben der Krankenkassen wozu unter anderem gehört, dass ich in den letzten zwei Jahren in einem Angestelltenverhältnis beschäftigt sein musste.

Außerdem möchte mich natürlich auch keine Krankenkasse aufgrund meiner Vorerkrankungen nehmen, da ich ein Risikopatient war, der ausschließlich Kosten produzieren würde.

Ich hatte bereits vier Operationen hinter mir und darum wollte ich mich nicht sofort festlegen und war nicht bereit, mich in dieser Klinik vorzustellen.
Ich wollte einfach nur nach Hause und abschalten, denn von diesem Aufenthalt hatte ich mir wirklich mehr versprochen.

Leider hatte man mir in der Klinik I auch nicht helfen können und so fuhr ich am nächsten Tag enttäuscht und traurig wieder fort. Durch Antje und ihren Enthusiasmus hatte ich mich total anstecken lassen, wodurch die Enttäuschung um so größer war..

Es war wieder einmal sehr niederschmetternd gewesen, was ich an Informationen erhalten hatte.

Kapitel 20

Resignation - oder was kommt nach Enttäuschung?

Sollten wirklich alle Bemühungen, ein schmerzfreieres Leben zu führen tatsächlich so kläglich gescheitert sein?

Ja es war wirklich so. Alles, was ich von meiner Seite her hätte tun können, habe ich getan und doch - es war zu spät! Meine Venen waren unumstritten zerstört. Ebenso meine Lendenwirbelsäule, die trotz viermaliger Operation niemals wieder besser werden würde. Alles, wofür ich in all den Jahren kämpfte war auf einmal nur noch Schall und Rauch und die letzten Hoffnungen verflogen ebenso schnell wie der Frühlingswind.

Mein Leben schien an einem Punkt angelangt zu sein, an dem es sich eigentlich nicht mehr lohnt zu leben, denn wenn man genau weiß, dass jede Minute in den kommenden Jahrzehnten von Schmerz geprägt sein wird, so ist dies keine erfreuliche Aussicht. Doch da war noch etwas und zwar etwas ganz Entscheidendes. Vielmehr sogar drei Menschen die mir unheimlich viel bedeuteten und immer bedeuten werden. Personen denen ich nicht egal war und für die es sich lohnt weiterzuleben.

Es handelte sich genau um die Menschen, die mich stets unterstützten und mir Liebe gaben. Diejenigen die Rücksicht auf mich nahmen wenn es mir nicht gut ging.

Meine Tochter, meine Lebensgefährtin Antje und meine Mutter waren eben diese Menschen die all den Pfusch der an mir betrieben worden war, miterlebt hatten. Sie brachten mich in neue Kliniken, zu anderen Therapien und versuchten stets mich aufzumuntern, selbst dann, wenn mir nicht zum Lachen zu Mute war. Sollte ich meine Lieben wirklich enttäuschen und resignieren??

Die Schmerzen die ich jeden Tag ertragen muß, kann man eh nicht in Worte fassen. Insbesondere wenn das Wetter umschlägt, habe ich bereits 3 Tage im voraus solch ein Ziehen im Rücken, dass ich nur auf Händen und Füßen kriechen möchte, was ich teilweise auch mache. Mein Bein schwillt in regelmäßigen Abständen an und verfärbt sich dunkelblau.

Aber ich habe neuen Lebensmut gefunden. Selbst die Freunde meiner Lebensgefährtin akzeptieren mich, so wie ich bin und behandeln mich wie einen vollwertigen Menschen; trotzdem nehmen sie ebenfalls Rücksicht auf mich. Wir haben eine gemeinsame Freundin, die in Frankreich lebt und uns am liebsten die ganze Zeit um sich hätte. Ebenso sind viele unserer Freunde in Hamburg, die uns genauso gerne sehen.

Auch hier im Sauerland, wo wir mittlerweile gemeinsam leben, haben sich alle unsere Freunde und Bekannten darauf eingestellt, dass ich ihnen nicht unbedingt beim "Gartenumgraben" helfen kann.
Aber wir sehen sie so oft es mir gut genug geht und wenn wir zusammen sitzen, werden es immer lustige Abende. Und gerade wegen all dieser tollen Menschen habe ich mir noch viele neue Ziele gesteckt, die ich auch erreichen kann und will.

Ein ganz wichtiges Ziel ist, dass ich immer mit meiner jetzigen Verlobten zusammen bleiben möchte. Das erfordert tägliche Anstrengungen, denn eine Beziehung bleibt nur dadurch schön und interessant, wenn man sie jeden Tag auf's neue fördert.

Mit Antje kann ich mich stundenlang über interessante Themen unterhalten aber ebenso können wir auch einfach nur Blödsinn reden. Mit Humor und Interesse am anderen meistern wir jeden Tag und obschon es mir an vielen Tagen sehr schlecht geht, ist sie immer für mich da und versucht mich so weit es geht zu entlasten.

Teilweise ist bei uns die traditionelle Rollenverteilung genau umgekehrt. Antje schleppt die schweren Getränkekisten und das Brennholz - sie sagt so spart sie sich das Fitnesstudio - und ich zaubere in der Zeit kleine und große Leckereien auf dem Herd für uns.

Der nächste wichtige Mensch ist meine Tochter. Sie ist mit meiner Krankheit, der Trennung von ihrer Mutter und all dem schlechten, was meistens bei einer Scheidung einhergeht, groß geworden. Aber sie hat nie ihre Liebe zu mir verloren, obschon meine geschiedene Frau alles dafür gegeben hätte.
Mein größter Wunsch ist, dass sie eines Tages für immer bei uns lebt, denn ich würde ihr ein guter Vater sein und versuchen all die Fehler, die auch ich in der Zeit der Trennung von Daniela gemacht habe, wieder gut machen.

Sie ist gerade in einem Alter, in dem sie sehr wissbegierig ist und all unser Wissen, würden sowohl Antje, als auch ich gerne mit ihr teilen wollen. Sofern das Gericht zu unseren Gunsten entscheidet wäre dies der schönste Tag in meinem Leben, denn dann wäre dieser alle 14 Tage wiederkehrende Schmerz vorbei, wenn ich sie zu ihrer Mutter bringen muß und weiß, ich sehe sie erst 2 Wochen später wieder.

Außerdem verändert sie sich jetzt gerade sehr stark. Durch die Schule kommt sie mit immer mehr Wissen aber auch mit neuen Unarten nach Hause und das Positive zu fördern wäre wirklich mein größter Wunsch.
(Anmerkung des Autors: Da dieses Buch über mehrere Jahre geschrieben wurde möchte ich den Lesern mitteilen, dass ich dieses Ziel erreicht habe.

Seit dem 3. Dezember 2005 und einem Gerichtskrieg der bis

zum Oberlandesgericht ging, habe ich das alleinige Sorgerecht für meine Tochter. Es besteht keinerlei Umgang mit der Kindesmutter und meine Tochter legt auch keinen sonderlichen Wert darauf, da ihr zu viel angetan wurde von dieser Person.)

Dann sei da noch meine Mutter erwähnt, eine Frau, die mich selbst gegen meine Geschwister stets verteidigt hat. Sie hat mir vom ersten Tag an geglaubt denn sie hat mich zu einem ehrlichen Menschen erzogen und daher wusste sie vom ersten Moment an, dass ich kein Simulant bin und aus diesem Grund hielt sie stets zu mir.
Sie hat keine Mühen gescheut um mich zu unterstützen und war immer für mich da. Wie oft habe ich sie Nachts aus dem Bett geklingelt wenn ich wieder einen Tiefpunkt erreicht hatte oder wenn ich vor Schmerzen nicht in den Schlaf kam. Wir telefonierten dann meistens stundenlang und vergossen gemeinsam etliche Tränen, denn sie war traurig, dass sie mir nicht helfen konnte.

Wie oft hörte ich von ihr: "Wenn ich Dir doch nur Deine Schmerzen nehmen könnte" oder "Warum hast denn ausgerechnet **DU** solche Schmerzen?" Sie ist ein sehr liebevoller Mensch, der auch meine Fehler stets versuchte zu tolerieren, die mitfühlte und nach meinen Operationen immer eine der ersten an meinem Bett war.

Ich wünsche jedem, der eine solche Odyssee erlebt, dass er Menschen in seinem persönlichem Umfeld hat, auf die er bauen kann." Wahre Freunde lernt man erst in Zeiten der Not kennen", ist ein Spruch, der sich wirklich ganz besonders dann bewahrheitet, wenn man gesundheitliche Probleme hat und kein Arzt sie erkennt oder den Patienten sogar als Simulanten betitelt.

All das was ich erlebte wäre sicher niemals so schlimm geworden, wenn ich eher einen Anwalt eingeschaltet hätte. Aber auch wenn ich es spät gemacht habe, so war es noch nicht "zu spät". Er hat meine Interessen so gut vertreten, dass mittlerweile alles in ruhigen Bahnen läuft und ich verschont bleibe von irgendwelchen "Experten", die mir von der Versicherung empfohlen werden. Ich kann mir **die Ärzte meines Vertrauens** selbst aussuchen.

Wann immer mir danach ist und mein aktueller Gesundheitszustand es zuläßt, fahre ich an den See, werfe meine Angel aus und denke daran, was alles geschehen ist und wie mein Leben wohl verlaufen wäre, wenn ich nicht krank geworden wäre. Im Ergebnis komme ich für mich immer wieder zu folgendem wichtigen Punkt:
Die Parole muß lauten: **DURCHHALTEN!!** Sie gilt für mich und sie sollte für jeden der ähnliches erlebt, gelten.
Auch wenn einem von "Pseudo - Experten" gesagt wird man sei gesund, muß dies noch lange nicht der Wahrheit entsprechen.

Ich habe auf das gehört, was mein Körper mir gesagt hat und diese Signale kann kein Arzt der Welt "schön reden".

Ärzte sind sehr gerne und auch schnell bereit, jemanden als Simulanten abzustempeln, wenn sie mit ihrem Latein am Ende sind. Ohne einen Facharzt hinzuziehen, meinen sie, sie seien der Mittelpunkt der Welt und ihr Befund wäre stets richtig.

Aus diesem Grunde rate ich wirklich jedem, dem so etwas widerfährt, sofort einen Anwalt zu konsultieren um nicht auch einen solchen Spießroutenlauf mitmachen zu müssen wie es bei mir der Fall war.

Mein Körper hat mich nicht belogen, auch wenn ich sehr lange nach einem fähigem Arzt suchen mußte der erkannte, woher meine sehr realen Schmerzen kamen und wie sie zu behandeln waren. Auch das ist ein Rat den ich nur weitergeben kann - man sollte sich nie nur auf die Diagnose eines Arztes verlassen. Es hätte mich fast mein Leben gekostet, da es unter den Ärzten anscheinend wesentlich mehr **"SCHWARZE SCHAFE"** gibt, wie man meinem Buch entnehmen kann auch wenn man es kaum glauben mag.

Da mir aber heute leider keiner mehr meine Gesundheit zurückgeben kann, habe ich nur noch ein Ziel und das ist Gerechtigkeit - nicht zu verwechseln mit Rache.

Diese Ärzte, die es sich so einfach gemacht haben mit ihren vorschnellen und falschen Diagnosen, sollen dafür bezahlen, dass mein Leben bis an mein Lebensende durch ständige Schmerzen die Einnahme von Schmerzmitteln und Blutverdünnern, und die damit verbundenen Nebenwirkungen negativ beeinflußt wird. Vor allem aber sollen sie dafür bezahlen, dass diese Beeinträchtigungen zumindest zum größten Teil bei rechtzeitiger, richtiger Behandlung hätten vermieden werden können.

Ich bin kein Hypochonder und kein arbeitsscheuer Mensch. Ich würde lieber heute als morgen arbeiten gehen und mein eigenes Geld verdienen, denn ich bin noch viel zu jung um Frührentner zu sein. Aber ich kann und konnte mir nicht aussuchen was mit mir geschehen ist und jetzt kann ich nur noch versuchen das beste aus der Situation zu machen. Dies ist auch der Grund, warum ich mich bemühe, jeden Tag den ich lebe ganz intensiv zu genießen. Ich bin mir jeden Moment meiner Sterblichkeit bewußt.

Auch wenn ich viele Tage - eingeschränkt durch die Schmerzen - nicht in vollen Zügen genießen kann, so weiß ich doch, dass auch für mich noch eine Menge zu sehen und zu erleben gibt.

Heute schreiben wir den 10.Januar 2009. Der aktuelle und sich voraussichtlich auch nicht mehr bessernde IST - Zustand sieht heute so aus, dass ich nach wie vor nur mit starken Schmerzmitteln die Tage überstehe. In den vergangenen Tagen hat hier im Sauerland Tauwetter eingesetzt und diese Wetterumschwünge schlagen sich bei mir in der Form nieder, dass ich trotz der Medikamente extreme Schmerzen im Rücken und im Bein habe, so dass ich mich am liebsten verkriechen würde.

In der Zwischenzeit mußte ich mich einer langwierigen Zahnbehandlung unterziehen. Durch die starken Schmerzmittel habe ich nichts davon gespürt wenn Zähne durch Karies weh taten. Dies ging so weit, dass mir Zähne abgebrochen sind, ohne das ich es bemerkte. Diese Zahnbehandlung war nur durchführbar, weil ich mich von Marcumar auf Heparin umgestellt habe, denn ansonsten wäre die Gefahr einfach zu groß, dass ich bei einem der Eingriffe einen Blutsturz erlitten hätte. Aus diesem Grund mußte ich mir bereits zwei Wochen vor Beginn der Behandlung das blutverdünnende Mittel Heparin selbst spritzen.

Eine dieser Spritzen kostet acht Euro. Und jetzt kann man sich ausrechnen, dass mich die ca. drei Monate andauernde Behandlung ungefähr 720 Euro zusätzlich kostete. Auch etwas, für dass ich mich bei einigen Ärzten bedanken kann.

Da auch diese Behandlung ein Bestandteil der "Kettenreaktion" ist, welche durch die anfängliche "Nichtbehandlung" und/oder "Falschbehandlung" ins Rollen kam, nehme ich dies zum Anlaß, hier noch einmal sämtliche Folgeschäden aufzuzeigen, die in direktem oder indirektem Zusammenhang mit meinem ersten Bandscheibenvorfall stehen.

1. Bandscheibenvorfälle

2. 3 Etagen Tiefenvenenthrombose
3. Blasenschwäche
4. Erektionsstörungen
5. Übelkeit und Erbrechen einhergehend mit Untergewicht, bedingt durch die Schmerzmittel
6. Nicht - Wahrnehmung von Schmerzen wie z.B Zahnschmerzen, ebenfalls bedingt durch die Schmerzmittel
7. Risikoerhöhung durch das Marcumar (Bluter)
8. Schlaflosigkeit entweder durch die Schmerzen oder durch die Einnahme der Schmerzmittel welche mich aufputschen
9. Ständige Arztbesuche zwecks Kontrolle meines Blutgerinnungswertes
10. Abhängigkeit von den Schmerzmitteln und dadurch stetige Höherdosierung, da der Körper sich an die Mittel gewöhnt

Nach wie vor suchen Antje und ich nach den neusten Behandlungsmethoden die mir eventuell doch noch etwas Linderung verschaffen könnten.
Diese Hoffnung haben wir - obschon ich mich nie wieder operieren lassen werde - bis heute nicht aufgegeben.

Ich hoffe, dass ich Ihnen, lieber Leser sowohl einen kleinen Einblick vermitteln konnte, was einem alles während einer solchen Höllenfahrt im Reich der deutschen Ärzte widerfahren kann, als auch das Rückrad welches man gerade gegen diese beweisen mußt.

Ich persönlich bin an dieser Stelle froh und erleichtert, mir das alles einmal von der Seele geschrieben zu haben. Hoffentlich hilft es mir dabei, mit diesen unerfreulichen Kapiteln meines Lebens endgültig abzuschließen und meinen Blick nur noch in die Zukunft zu richten. Ich gebe gerne zu: Dieses Buch zu schreiben, war in Wahrheit nichts weiter als purer Egoismus! Lach

Falls Sie mit mir in Kontakt treten möchten, zum Beispiel weil Sie ähnliche Probleme haben, oder weil es Sie interessiert wie es bei mir weitergeht, können Sie mich gerne per e-Mail kontaktieren und ich verspreche jede ernstgemeinte Anfrage auch zu beantworten.

Ebenfalls habe ich ja nun keine Kliniken namentlich erwähnt. Falls aber Interesse daran besteht zu erfahren in welchen Kliniken ich war, so können Sie mich gerne per e-Mail kontaktieren.

Meine e-Mail Adresse bekommen Sie über meinen Verlag, der diese gerne weitergibt.